戻り舟同心 更《ふけ》待《まち》月《づき》

長谷川 卓

祥伝社文庫

目次

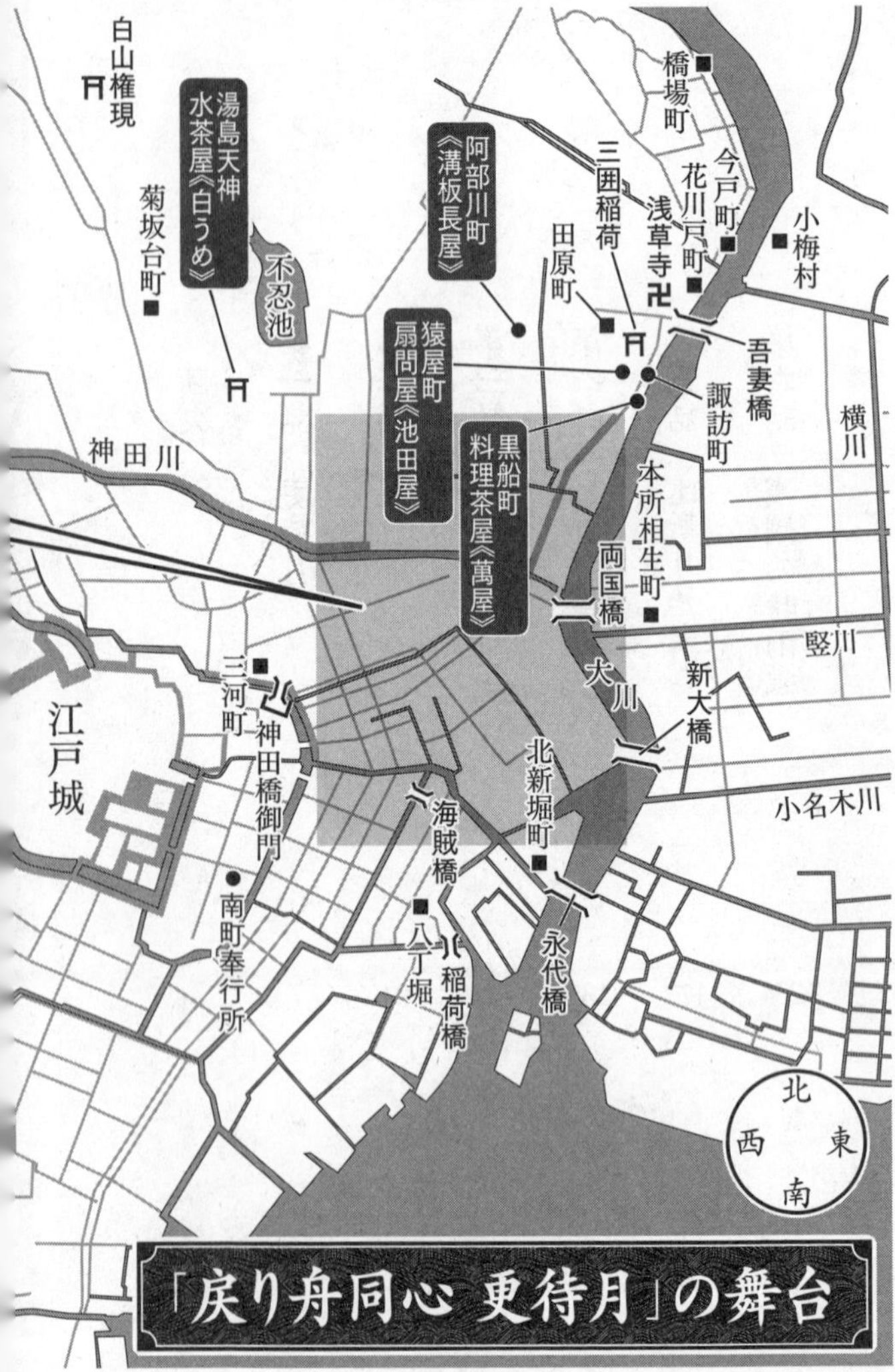

「戻り舟同心 更待月」の舞台

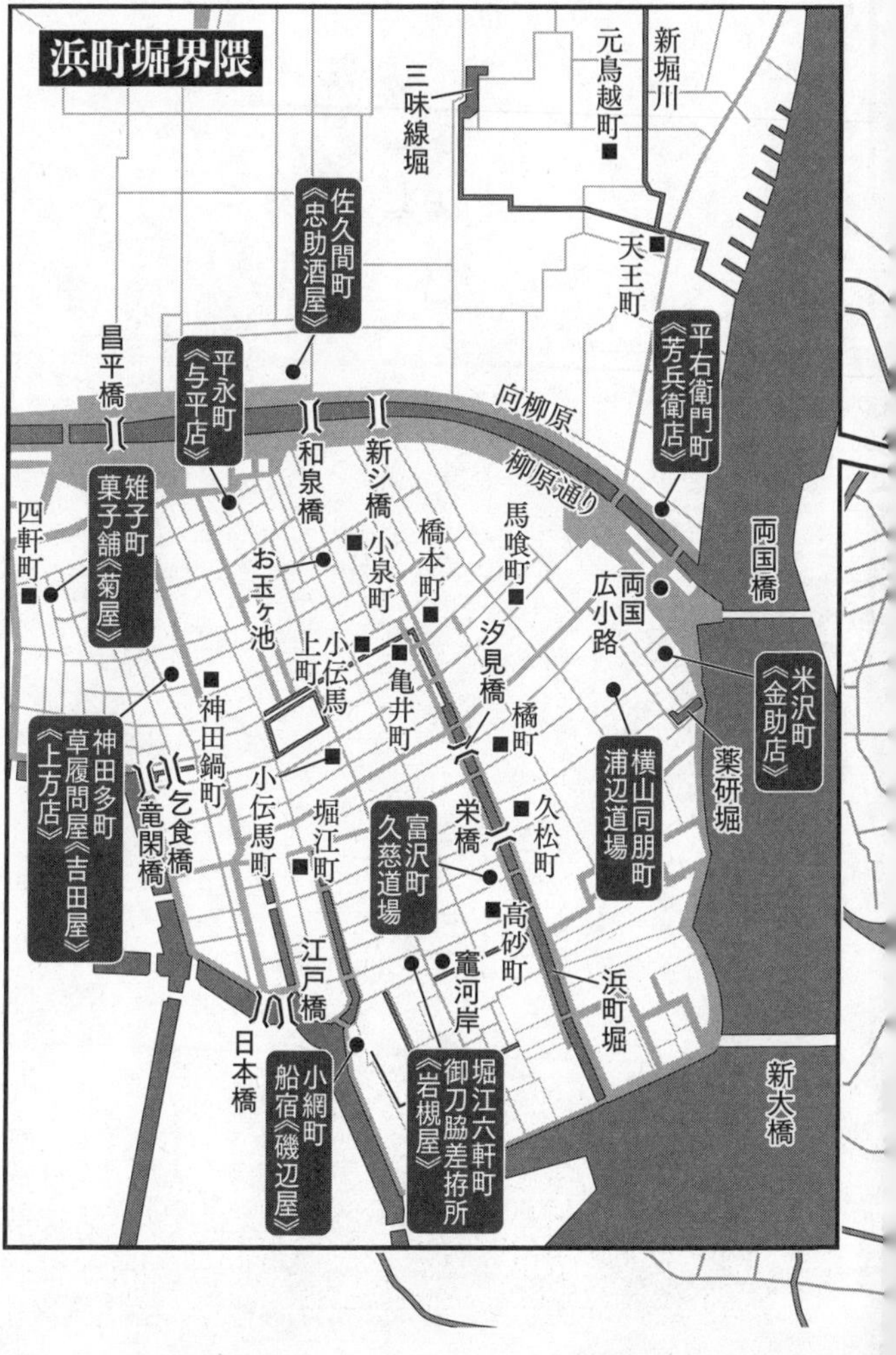
浜町堀界隈
新堀川
元鳥越町
三味線堀
天王町
佐久間町《忠助酒屋》
平右衛門町《芳兵衛店》
昌平橋
平永町《与平店》
向柳原
柳原通り
和泉橋
新シ橋
雉子町菓子舗《菊屋》
四軒町
馬喰町
橋本町
小泉町
お玉ヶ池
両国広小路
両国橋
汐見橋
小伝馬上町
亀井町
橘町
米沢町《金助店》
神田鍋町
神田多町草履問屋《吉田屋》《上方店》
乞食橋
竜閑橋
小伝馬町
堀江町
栄橋
久松町
富沢町久慈道場
横山同朋町浦辺道場
薬研堀
高砂町
竈河岸
江戸橋
浜町堀
日本橋
小網町船宿《磯辺屋》
堀江六軒町御刀脇差拵所《岩槻屋》
新大橋

第一話　更待月《ふけまちづき》

一

文化《ぶんか》三年（一八〇六）三月六日。朝五ツ（午前八時）前。

二《ふた》ツ森伝次郎《もりでんじろう》は、詰所で茶を飲んでいた。永尋掛《ながたずねがか》り同心のために南町奉行所内に特別に設けられた詰所である。相伴をしているのは、御用聞き・神田鍋町《かんだなべちょう》の寅吉《とらきち》、通称鍋寅《なべとら》と手下の隼《はや》に半六《はんろく》であった。伝次郎は六十九歳。鍋寅は七十三歳。ふたりとも一度は隠居した身である。

永尋とは、次々に起こる新たな事件のために探索を棚上げされている事件の謂《いい》で、迷宮入りのことである。元々奉行所の掛りには設けられていなかった永尋掛りを、鶴《つる》の一声で作らせたのは、当代の町奉行・坂部肥後守《さかべひごのかみ》であった。増え続けている永尋の解決と、追放刑に処されたにもかかわらず、年月が経《た》ったからと、こっそりと江戸に舞い戻って来ている悪党どもの捕縛のために、隠居した定廻《じようまわ》り同心を呼び戻し、再び任に就けたのだ。一度は辞めた同心が舞い戻ったところから、戻り舟同心とも呼ばれている。

人数は、定廻り、臨時廻りと同様六人。二ツ森伝次郎の他は、染葉忠右衛門《そめはちゆうえもん》、一《いち》ノ瀬八十郎《せはちじゆうろう》、八十郎の娘の真夏《まなつ》、河野道之助《かわのみちのすけ》、花島太郎兵衛《はなしまたろべえ》である。そのうち伝次郎と染葉には、長年誼《よしみ》を通ずる気心の知れた御用聞きがいたが、八十郎と河野と太郎兵衛は使っていた御用聞きとの繋《つな》がりが切れていた。縁を切ったか、家督を継いだ倅《せがれ》に譲《ゆず》ったのである。

【逢魔刻《おうまがとき》】の一件で、河野は元御用聞きの天神下《てんじんした》の多助《たすけ》を手先にすることになったが、その多助はかつての縄張りうちの隠居に頼まれて、水戸《みと》への道中の供をしていた。隠居が、生きている間に先祖の墓参りをしたいのだそうだ。

八十郎と真夏が、出仕の刻限に合わせて詰所に現れた。まだ来ていないのは、染葉と河野である。女装を趣味とも生き甲斐《がい》ともしている太郎兵衛は、憚《はばか》りがあるから、と呼ばない限り、奉行所には顔出しをしない。

近《ちか》が湯飲みを盆に載せ、淹《い》れたばかりの茶を配っている。近は、十九年前に鬼《おに》火《び》の十左《じゅうざ》一味にお店を襲われ、家族を皆殺しにされた一件を伝次郎らに解決してもらったのが縁で、詰所の手伝いをしていた。

「何かあったのか」

ひとりで出仕して来た染葉が訊《き》いた。

手先の御用聞き・稲荷橋《いなりばし》の角次《かくじ》は、付届《つけとどけ》を頂戴《ちょうだい》している大店《おおだな》の主《あるじ》に乞《こ》われ、熱海《あたみ》へ行をともにしていた。帰りは月末になるらしい。八丁堀《はっちょうぼり》の南河岸から鉄砲洲《てっぽうず》稲荷一帯を縄張りとする角次は、六十を過ぎた老練な御用聞きだった。角次と多助。ふたりが揃《そろ》って江戸を離れていることになる。真面目《まじめ》に御用を務めていると、このような頼まれごとは、ままあった。

「門番の話だと、百井様《ももい》が俺たちより早くいらしてるそうだぞ」

百井亀右衛門《かめえもん》は与力である。与力の出仕の刻限は昼四ツ（午前十時）。一刻（約二時間）早いことになる。しかも百井は、ただの与力ではない。同心の任免権を有し、金銭の出納にまで関わる奉行所一の力を持つ年番方《ねんばんかた》の与力だった。その百井を、伝次郎は泥亀《どろがめ》という仇名《あだな》で呼んでいた。百井が与力として見習から本勤並になり、本勤になる姿を定廻りとして見ていたからである。

「お奉行に呼ばれたか、何かしくじったのを誤魔化《ごまか》そうって腹じゃねえのか。事が起こったような気配はなかったからな」

伝次郎の後を継ぎ、定廻りをしている倅の新治郎《しんじろう》は常と変わらなかった。何かあれば、朝餉《あさ》の前に飛び出して行くのが新治郎だ。孫の正次郎《しょうじろう》とも朝餉をともにしたが、こっちは半分寝惚《ねぼ》けていた。もっときりっとして飯を食えないのか、と小言のひとつも言いたかったが、出掛ける前から怒ることはなかろうと遠慮していると、寝惚けながら飯を山盛りで二膳《ぜん》も平らげた。十八歳という若さが羨《うらや》ましくなり、不愉快なので、仕度《したく》が遅いからと置いてきぼりを食わせてやると、走って追い掛けて来た。まだ可愛《かわい》いところも残っているのだ。

伝次郎らが茶を飲みほしたところに、河野が来た。

「殺しらしいですよ」

河野を追い越すようにして奉行所の大門を潜《くぐ》り抜けた男が、玄関口に駆《か》け込み、当番方の同心に、殺しだと叫んでいたらしい。

「見に行こう」

言い終えた時には、伝次郎の身体《からだ》は詰所を飛び出していた。

「彼奴《あやつ》は何を食っているのだ？　元気なものだな」

二歳上の八十郎が溜息《ためいき》を吐《つ》きながら立ち上がり、鍋寅らに続いた。真夏が湯飲みを盆に戻した時には、詰所にいたのは真夏と近だけだった。

玄関先で伝次郎が当番方と町屋の者に訊いている。町屋の者が知らせに来た男であるらしい。荒い息を吐《は》きながら、答えている。

人垣を抜け出して来た隼が、皆の後ろにいた真夏の脇《わき》に並び、平右衛門町《へいえもんちょう》の空き地で死体が見付かったそうです、と言った。

「大分血相を変えているようですね」

「身性《みじょう》が分からねえようにと顔を潰《つぶ》されているらしゅうございます」

「何と惨《むご》いことを」

「鬼畜《きちく》にも劣《おと》る所業でさあ。許せるもんじゃございません」

隼が下唇を嚙《か》み締めた。隼は十八歳。鍋寅の孫に当たる。祖父、父と続いた御用聞き一家の後を継ぐのだと、女だてらに捕物の修業をしている。

廊下の奥から人の来る気配がし、新治郎の姿が見えた。定廻りとして調べに行くのだ。しめた、とばかりに伝次郎が染葉に言った。ちいと見てくる、後は任せたぜ。今にも駆け出そうとしている伝次郎に、

「待て」

荒い声が飛んだ。式台から呼び止めたのは、年番方与力の百井亀右衛門だっ

た。

「何が、ちいと、だ。其《そ》の方のお役目ではあるまいに。其の方らは、黴《かび》の生えた一件を蒸し返しておればよいのだ。出過ぎるではない」

百井は、新治郎に行くようにと目で促《うなが》すと、足早に奥へと戻って行った。

「畜生《ちくしょう》。泥亀が、偉そうに言いやがって」

肩を怒らせている伝次郎に、染葉がそっと言った。

「今朝は、受け付けた訴訟の問題でな、吟味方《ぎんみかた》とともに御奉行に呼ばれているって話だ。苛立《いらだ》っているのだ。許してやれ」

「よく分かったな」

「俺たちが玄関先で騒いでいる間に、河野が裏で訊いてきたって訳だ」

小鼻を掻《か》いていた河野が、伝次郎らを見て、頷《うなず》いた。

「面白くねえが、俺は寛容なのが取り柄だからな」

「町歩きにでも出るとしようぜ」

長い経歴を生かし、市中を見て回るのも、毎日の重要なお役目のひとつであった。

「俺は浅草《あさくさ》の方に行くぜ」

死体の見付かった平右衛門町は、浅草御門《ごもん》を渡った東西に広がっていた。見回りにかこつけて、現場を見ようという魂胆《こんたん》であることは、手に取るように分かった。

「好きにいたせ」染葉が呆《あき》れ顔をして言った。

伝次郎と鍋寅らは、数寄屋橋《すきやばし》御門を通ると、京橋《きょうばし》から江戸橋《えどばし》に抜け、更に荒布橋《あらめばし》、親父橋《おやじばし》を渡り、浜町堀《はまちょうぼり》へと進んだ。ここから汐見橋《しおみばし》まで行き、東に向かえば四町半（約四百九十メートル）で両国広小路《りょうごくひろこうじ》に出る。平右衛門町は目と鼻の先である。

浜町堀を北に歩いていると、鍋寅が栄橋《さかえばし》のたもとにいる男を見て、旦那、と言って足を止めた。男も伝次郎らに気付いたらしい。明らかに、戸惑《とまど》っている。男が俄《にわ》かに背を向け、急ぎ足になった。

「追え」

伝次郎の命《めい》より早く、半六と隼が地を蹴《け》った。

「誰だ？」

「さあ？」鍋寅が首を傾《かし》げた。

「お前を見て逃げただろうが」

「まさか、旦那でしょ」

「馬鹿言うんじゃねえ。俺は仏の……」

伝次郎が言い掛けたところで、鍋寅が、あっ、と叫んだ。

「思い出しやした。ありゃ、倉吉《くらきち》ですぜ。窩主買《けいずかい》の」

窩主買とは、盗品と知りながら品物を売買することで、現在《いま》で言う故買《こばい》のことである。

「そうだ。あの面《つら》だ」

「何か後ろ暗いことがありやがるんですぜ」

「吐かせてやろうじゃねえか」

半六が追い付き、倉吉の首根っこを押さえている。隼がすかさず倉吉の懐《ふところ》や腰を探り、刃物の有無を調べている。何もなかったらしい。半六に頷いている。

半六が倉吉を引き立てて来た。

「なぜ逃げた？」

「何もいたしちゃおりませんです。あたしゃ、すっかり足を洗いました」

「それで逃げたとすると、辻褄《つじつま》が合ってねえんじゃねえのか」

「だって旦那方には、それはもう散々お小言をちょうだいいたしましたので、お姿を見ただけで震《ふる》えが走っちまうんでございますよ」

そうか。そいつは、済まなかったな。伝次郎は詫《わ》びてから尋ねた。今の住まいはどこだ？ 弁慶橋《べんけいばし》にまだいるのか。教えてくれたら、今までの詫びだ。行っていいぜ。

「よろしいんで？」

「今日の俺は機嫌がいいんだ。明日からは、こうはいかないぜ」

「米沢町《よねざわちょう》でございます」

「越したのか」

「昔の付き合いを絶つには、越すのが一番なので」

「ええな。見直したぜ。何をやってる？」

「《浜野屋《はまのや》》と申しまして瀬戸物を商《あきな》っております」

「近くに行った時は寄せてもらうぜ」

じゃあな、と伝次郎は言い置くと、汐見橋の方へと歩き始めた。鍋寅らも続いた。倉吉は、腰を折り、深く頭を下げながら、腹の中で舌を出した。ちょろいぜ。

それでも、念のためにと何度か振り向くことを忘れずに、米沢町へと足を急がせた。その後ろ姿を半六と隼が間合を保ちながら尾《つ》けていた。伝次郎らの前に立つような振りをして姿を隠し、脇道に折れ、ぐるりと回り込んでいたのである。

倉吉は真《ま》っ直《す》ぐに米沢町に戻ると、《浜野屋》の暖簾《のれん》の中に消えた。隼が表に残り、半六は裏に回った。案の定、倉吉はお店を素通りして、裏から抜けると、両国広小路を横切り、柳橋《やなぎばし》を渡り、茅町《かやちよう》にある一軒家に入った。そこまで見届けてから半六は、《浜野屋》に取って返した。伝次郎と鍋寅と隼が待っていた。

「案内してくれたか」

「へい」

「それじゃ、訪ねてやるか」

伝次郎が言った。半六がいそいそと先頭に立った。

茅町の裏路地に、その家はあった。雨露《あめつゆ》に晒《さら》された、今にも崩れそうな廃屋を思わせる佇《たたず》まいだが、お宝のにおいがところどころで燻《くすぶ》っているように見受けられた。

立てられている板戸に耳を寄せると、倉吉の声が聞こえた。やれやれだったたよ、と話している。上手《うま》く言い逃れたつもりでいるのだろう。ならば、挨拶《あいさつ》は荒っぽくしなければなるまい。

半六と隼に裏に回るよう命じると、鍋寅に板戸の合わせ目を指し、蹴飛ばす真似《まね》をして見せた。口を開け、ひどく嬉《うれ》しげな顔をして、鍋寅が頷いた。こんなことを喜ぶようでは、まだまだ枯《か》れちゃいねえな。年なんだからお静かに、くらい言えねえのかよ。口の中で呟《つぶや》きながら、足を飛ばした。大仰な音とともに板戸が倒れ、家の中に日が射した。倉吉が目を丸くして、固まっている。手下なのだろう、若い男が裏戸に駆けたが、半六と隼に押し戻されている。

「早速来てやったぜ」伝次郎が倉吉に言った。

「どうして、ここが？」

「てめえのような嘘吐《うそつ》きには、こちらも嘘を吐かねえとな」

伝次郎は土間の真ん中に進み出ると、四囲を見回した。ぐるりに棚が設けられており、細々と品物が置かれていた。

「すべて盗品か」

「まさか」

「調べさせてもらうぜ」

伝次郎と鍋寅が棚の物を見て回った。二束三文の品の奥に、金銀や鼈甲《べっこう》、瑪瑙《めのう》の笄《こうがい》やら簪《かんざし》が箱に収められていた。盗まれたと届出がされている品ならば、手配書と付き合わせれば、直ぐに分かることだ。

「そっちには何がある?」鍋寅に訊いた。

「根付でさあ」

鍋寅が木箱の蓋《ふた》を取って伝次郎に差し出した。

黄楊《つげ》や一位《いちい》の根付に混じって珊瑚《さんご》や象牙《ぞうげ》の根付があった。象牙の根付を手に取った。胡坐《あぐら》を掻いた鬼が酒徳利を抱えて大笑いをしている。伝次郎の頭の隅にちくりと何かが触った。根付を掌《てのひら》の上で転がした。虎の褌《ふんどし》の皺《しわ》に寄せて、三の字が彫られていた。名人と言われた大垣《おおがき》の人、初代・早野三郎助《はやのさぶろうすけ》の品だった。

「ふたりともふん縛れ」

抗《あらが》う間もなく、倉吉らに縄が掛けられた。どうして、とも訊かない。訳は、当人が知り抜いているのだ。

「この根付は、どうやって手に入れた?」伝次郎が鬼の根付を倉吉の目の前に突き付けた。

「いちいち覚えちゃおりませんですよ」

「てめえで思い出すか、それとも思い出させてもらいてえか、どっちにする？」

「思い出しました。売りに来たんでございます」

「誰で、いつのことだ？」

「確か十日程前のことで、売りに来たのは、朔太郎《さくたろう》という男です」

「そいつは何者だ？」

定職にも就かず賭場《とば》に入り浸《びた》っている男だと言う。住まいを訊いた。

「そんなことまでは、存じません」

「本当だな。嘘を吐いたらどんなことになるか、分かっての返答だな」

倉吉が、首を折るようにして二度三度と頷いた。

「旦那、その根付がどうかしたんですかい？」

「後で話す」伝次郎は鍋寅を制しながら言った。「この家の品をみな調べるぞ」

こいつらを自身番に繋いでおくから、隼は奉行所に走り、誰か定廻りの者と、人手を集めて荷車を二台ばかり引かせて来い。家中の品を奉行所に運ぶんだ。半六は隼が戻るまで、ここで見張っていろ。更に半六には、危なそうなのが来たら、見せ付けてやれ、と言って十手《じって》を預けた。

「あっしは？」鍋寅が訊いた。

「俺と朔太郎を探すんだ」

その前に、と倉吉の名を呼び、どうして逃げたのか、訊いた。

「昨日珊瑚と銀の簪を買い取りましたので、これは拙《まず》いと」

「誰から買った？」

「蛙《かわず》の小吉《こきち》ってご存じで？」

「空き巣でさあ」鍋寅が言った。

「塒《ねぐら》は？」鍋寅に訊いた。

「承知いたしておりやす」

よしっ、そっちは今度定廻りにでも教えといてくれ。先《ま》ずは、と隼と半六に言った。それぞれのお役目、頼んだぜ。

伝次郎は倉吉らを茅町の自身番奥の鉄輪に縛り付けると、土地の御用聞き・瓦《かわら》町《まち》の岩吉《いわきち》を訪ねることにした。土地の半端者は、土地の御用聞きが一番よく知っていた。

「根付だがな」と歩きながら伝次郎が鍋寅に言った。「薬種問屋の《讃岐屋《さぬきや》》の一件を覚えているか。十二年前のことだ」

万病に効くと評判の薬、夢想丸《むそうがん》で当てた富沢町《とみざわちょう》の《讃岐屋》に賊が押し入り、主夫婦に倅夫婦、そして住み込みの者六名すべてを殺した上、千両を超す大金が奪われた事件だった。

「あの時、金子の他に根付が四つ奪われた。そのうちのひとつに間違いねえ。初代・早野三郎助の鬼だ」

ああっ、と鍋寅が足を止め、大声を上げた。道を行く者たちが驚いて鍋寅と伝次郎を見ている。それには気に留めず、鍋寅が言った。

「思い出しやした。あっしらも、窩主買を探し回ったものでした」

「それが出てきたのよ。ようやくな」

伝次郎が、隠居する前年の事件だった。一味を捕らえられずに奉行所から離れなければならなかったことは、悔《く》いとして心の奥底に残っていた。

伝次郎は踏み出す足に力を込めた。

二

御用聞きの岩吉の表稼業は小間物屋の主であった。店の切り盛りは二昔前に瓦町小町と言われた女房に任せている。

いてくれよ。祈った通りに、岩吉は店にいた。柏手《かしわで》を打ちたい気分だったが、店先である。ぐっと堪《こら》えて、朔太郎のことを尋ねると、「よっく存じておりやす。今頃は三味線堀《しゃみせんぼり》近くの賭場にいるはずです。ご案内いたしやしょう」答えた時には、小間物屋から身体半分外に出し、足踏みをしそうな勢いでいる。

「蕎麦《そば》なんぞ嚙まずに飲む。けつなんぞひり出す前に拭《ふ》いている。気持ちがいいじゃねえか。御用聞きは、そうでなくちゃいけねえやな」

言った伝次郎も、身体半分外に出していた。

へい、へい、へい。鍋寅の掛け声とともに元鳥越町《もととりごえちょう》から武家屋敷小路を抜け、三味線堀に出た。朔太郎がいるという賭場は、堀と向かい合う松平下総守《まつだいらしもうさのかみ》の下屋敷にあった。

「なあに、少しのご辛抱です。間もなく出て来まさあ」

朔太郎の金蔓《かねづる》である女髪結が七ツ半（午後五時）になると湯屋に行く。どこで何をしていようと、その刻限には借店《かりだな》に戻り、揃いの糠袋《ぬかぶくろ》を持って並んで湯屋に行くことになっているのだ、と岩吉が言った。

「それだけ忠実《まめ》でいないと、ひもにはなれねえってことで」

「賽子《さいころ》の目が出ていてもかい？」

「女の機嫌を損ねると、明日の元手にありつけねえ、なんて仕儀になりやすからね」

「目先に捉《とら》われてはならねえってことだな」

四半刻《しはんとき》（約三十分）程経った時、下屋敷の潜り戸が開き、よろけ縞《じま》をぞろっぺえに着崩した男が、背を丸めながら出て来た。

「あれが朔太郎でございます」

元鳥越町の方へと急いでいる男を岩吉が呼び止めた。

首だけ回して岩吉を見た朔太郎が、伝次郎らに気付き、顔色を変えた。

「あっしは、まだ何もやっちゃおりやせんが」

「旦那が、てめえに訊きたいことがおありになるそうだ。湯屋に行きたかったら素直に申し上げるんだぜ」

何でございましょう。朔太郎が膝《ひざ》に手を当てた。

伝次郎は懐から根付を取り出し、朔太郎の鼻先に突き出し、どこで手に入れたのか、訊いた。

朔太郎は根付に目を遣《や》ると、直ぐに思い出した。

「買ったものです。と言っても、四日で売っ払っちまいやしたが」

「売った相手は、窩主買の倉吉だな？」

「その通りで」

誰から買ったのか、鍋寅が訊いた。

「中間《ちゅうげん》の勘八《かんぱち》って奴で。野郎、そこのなにで」と下屋敷を顎《あご》で指し、「おけらになっちまって、買ってくれねえかと泣き付かれやして、仕方なく一分で買ったんですが、それが何か」

「勘八は、どこの中間だ？」岩吉が訊いた。

「さあ、そこまでは」

「それで済むか。訊いて来い」伝次郎が下屋敷を目で指した。「嫌だなんぞとぬかすと、面倒なことになるが、それでもいいか」

「行きます」

「てめえを信用するから嘘は吐くな。嘘だと分かった時は、八丈島《はちじょうじま》に送るからな」

「脅《おど》かしっこなしですよ、旦那」

朔太郎は下屋敷に駆け込むと、程無くして戻って来た。

「分かりました。御旗本の朝比奈《あさひな》和泉守《いずみのかみ》様でございました」

「向柳原《むこうやなぎわら》のか」岩吉が訊いた。

「中間頭が言っておりましたので、間違いはねえかと」

朝比奈の屋敷は、僅《わず》かに五町（約五百五十メートル）のところにあった。中間が遊びに来るには手頃な距離である。

「ありがとよ。何かあったら南町の二ツ森。俺だ。俺の名を出せ。力になるからな」

朔太郎を去らせた後、岩吉の袖《そで》に心付けを捩《ね》じ込み、向柳原の朝比奈家に向かった。

朝比奈家の家禄は三百三十石。開き門の脇に門番所がある。

鍋寅は伝次郎に頷いて見せると、ひとりですると門番所に歩み寄り、辞を低くして尋ねている。格子内の障子《しょうじ》が閉まり、間もなくして潜り戸が開いた。無愛想な中間が半身を覗《のぞ》かせている。勘八ではないらしい。鍋寅が用意していた心付けを袖口に落とすと、中間の口が俄に軽やかに動き始めている。

仕方ねえ。それが人ってものよ。

心中、独《ひと》り言《ご》ちていると、鍋寅が辻番所の陰に隠れている伝次郎の許《もと》へ戻って来た。

「飲みに出ておりやした」

「場所は訊いたか」

「ぬかりはありやせん。佐久間町《さくまちょう》三丁目の《忠助酒屋《ちゅうすけ》》だそうです」

「行こうか」

「急いだ方がよさそうな塩梅《あんばい》で」

中間は、勘八が何かやらかしたのか、と鍋寅に訊いたらしい。どうしてだ、と逆に尋ねた鍋寅に、終《つい》ぞ人が訪ねて来たことなどない奴なのに、今日はこれでふたり目なのだ、と門番が言ったというのだ。

「『一刻（約二時間）前に来たのは叔父《おじ》だとか言ってたが、ありゃ嘘だな。口の利き方も気に入らなかったので、八名川町《やながわちょう》の酒屋を教えといた。もしかして知り合いか』。年の頃は六十と言っておりやしたが、どうです？　何かくさくありやせんか」

「嫌な気がする。酒屋に急ごうぜ」

《忠助酒屋》まで凡《およ》そ三町（約三百三十メートル）。走れば直ぐだったが、走るには、ふたりにはちと遠かった。顎を出しながら、足を速めた。

向柳原の通りを辻番所の角で西に曲がると、武家屋敷と堀に面して町が細長く延びている。

「《忠助酒屋》ってのは、どこだい？」

湯屋帰りらしい男に訊いた。男が一町半（約百六十メートル）程先を指さし、あそこだ、と言った。酒屋らしいのから、男がひとり出て来るのが見えた。まだ日が沈む前だと言うのに、足が縺《もつ》れている。

小走りになって数間男に近付いた時、物陰から男がふたり、走り出て来た。ひとりの手が懐に差し込まれている。匕首《あいくち》を呑《の》んでいるのだ。伝次郎はあらん限りの大声を発した。

「俺は、南町の二ツ森……」

声が途中で掠《かす》れた。鍋寅に呼子《よびこ》を吹くように言った。

「急げ」

息が続かないのか、呼子が頼りなくひょろひょろと鳴った。それでも音は届いたのだろう。走り出て来た男どもの足が止まった。伝次郎は十手を振り回そうと懐に手をやり、半六に預けていたことを思い出した。もう一度怒鳴ることにした。

「南町だ。動くな」

掠れたが、聞こえたらしい。男どもは互いの顔を見詰め合うと、慌《あわ》てて向きを変え、逃げ出してしまった。追え。鍋寅に言おうとしたが、伝次郎の後ろで荒く息を継いでいる。

「後から来い」

足を縺れさせている男に、まさか、と言って訊いた。

「お前が勘八か」

「左様《さよう》でございますが、何か」

「何かじゃねえ。これを知っているな?」

根付を見せた。

「私が売ったものですが」

「どうやって手に入れた?」

「買ったんです。大工の繁次郎《はんじろう》から一朱《しゅ》で。朔太郎って野郎に売る三日ばかり前のことです」

「そりゃまた買い叩いたな」

「旦那に言うのも何ですが、訳ありなんでやすよ」

「話してみろ」

「仕事で入ったお店から、ちょいと……」

「盗んだのか」

「図星でさあ」

「どうしてそんなことを知っている？」

「当人が口を滑《すべ》らせたんで」

「繁次郎は、今どこにいる？」

「酒か賭場か、塒でしょ」

「塒を教えろ」

平右衛門町の《芳兵衛店《よしべえだな》》だった。繁次郎が仕事で入った店の名を訊いたが、それまでは知らなかった。

「これから《芳兵衛店》に行く。付いて来い」

「勘弁してくださいよ」

「先程のように、また狙《ねら》われるぞ」

「誰が狙われたんです？」まるで気付いていなかった。

「男がふたり、お前を刺そうと駆け寄って来ただろう？　だから呼子を吹いたんだ」

「知りませんでした」

勘八が気持ち悪そうに四囲を見回した。おっかないのは逃げたことを教えた。

「どうして？」

これのせいだ、と根付をもう一度見せた。

「それを持っていた者は狙われるんですか」

「らしいぜ」

「行きます。行きたいな、と思っていたんです」

「なら、案内してくれ」

神田川《かんだがわ》沿いに東に下り、左衛門河岸《さえもんかし》を抜けたところで、鍋寅に茅町の自身番を見て来るように言った。

「倉吉を連れて行ったか、訊いてくれ。それと、棚の品を運んだか、もな。俺たちは繁次郎の長屋に行っている」

小さくなっていく鍋寅の後ろ姿を見ながら、繁次郎がどんな男なのか、訊いた。酒癖の悪さがたたって、あちこちでしくじり、渡り大工になっているのだ、と勘八が言った。今の棟梁《とうりょう》が誰なのかを訊いたが、知らなかった。

「こちらで」

《芳兵衛店》の木戸を潜り、路地を抜け、『大工　はんじろ』と書かれた借店《かりだな》に着いた。

「いるか」

声を掛けた時には腰高障子《こしだか》を開けていた。汗と酒が入り交じり、饐《す》えたようなにおいが鼻を衝《つ》いた。

構わず土間に入ると、伝次郎に続いて入った勘八が、こいつはひでえや、と思わず声に出した。柳行李《やなぎごうり》が開けられ、中の物がすべて投げ出されていた。家探しされた後であるのは、明白だった。

物音に気付いた者がいたかもしれない。相長屋《あいながや》の者を呼び集めようと、外に出たところに鍋寅が追い付いた。口の端に泡を溜《た》め、倉吉と棚の品について話すと、ひょいと繁次郎の借店を覗いて、顔を引き攣《つ》らせた。

「旦那……」

「大家を呼んで来てくれ」

しかし、大家も相長屋の者たちも、繁次郎の借店が荒らされていることに気付いていなかった。

「揃いも揃って、何をしてたんだ？」

「皆、ここを空けていたんでございます」

大川《おおかわ》沿いの空き地で死体が見付かったからと、揃って見物に出掛けていたという話だった。今朝方騒いでいた殺しのことである。

「その死体だが、身性《みじょう》は割れたのか」

「いいえ。分からないので御奉行所に運ぶ、と漏《も》れ承っておりますが」

「ちらと見たか」

「すごい人だかりで、足の裏さえ見えませんでした」

「店子《たなこ》ん中で見た者は？」

「いないはずですが」

「そうかい……」

嫌な予感がした。繁次郎が戻って来たら、自身番に行き、そこから南町まで知らせるようにと大家に言い、奉行所に引き返すことにした。

長屋から数間離れたところで、あの、と勘八が訊いた。私は、どうすれば？

問いには答えず、訊いた。

「繁次郎を見れば、分かるか」

「そりゃあ、もう」

「首から下を見ただけでもか」

「へい……。でも、どういうことでしょうか」

伝次郎は、何も言わずにずんずんと歩いて行く。勘八が縋《すが》るような目で鍋寅を見た。鍋寅も口を堅く結んでいる。勘八は訊くのを諦《あきら》め、しおしおと後に続いた。

三

奉行所の大門を入ると、右手の永尋掛りの詰所のある方で、隼と半六と染葉らが品物の仕分けをしていた。

手を上げ、戻ったことを知らせ、玄関口に進んだ。当番方に平右衛門町の死体をどうしたか、訊いた。

「寺か」

「いいえ。まだ身性が不明ですので」

「はっきり答えろ。ここにあるのか」

「軍鶏《しゃも》入りさせておりますが」

奉行所の仮牢《かりろう》を軍鶏と言い、中に入れることを軍鶏入りと言った。仮牢に安置されているらしい。すると、倉吉らはどこに置いているのか。尋ねた。空き牢を挟んで隣の牢に入れられていた。

「見せてもらうぜ」

お待ちを。当番方の声を無視して、仮牢に向かった。当番方のひとりが立ち上がり、定廻りの詰所の方に向かおうとしている後ろ姿が見えた。呼んで来い。手間が省けるってもんだ。

仮牢に入ると、血のにおいがした。もう血は固まっているはずだが、べっとりと傷口に付いているのだろう。

「旦那ぁ」倉吉の悲しげな声が奥から届いて来た。「何でも話しますから、ここから出してください」

気持ちは分かるが、それどころではない。後だ。言い置いて、死体の脇に膝を突いた。

裸に剝《む》かれた死体が茣蓙《ござ》に寝かされ、上から菰《こも》が掛けてあった。端をめくり、覗いた。顔が潰されていた。

「お前さん」と、勘八に訊いた。「気は強い方かい？」

「餓鬼《がき》の頃から、怖い話を聞くと寝小便を漏らした口で」

既に膝が震えている。とても見せられねえ。

「何か繁次郎に目印になるようなものはねえか」

「そりゃ、繁次郎なんで？」

「分からねえから、訊いているんだ。何なら、菰を取って見せてやろうか」

勘八が、悲鳴のような声を上げ、ありました、と言った。

「右の肩の」と言って背を向け、ここんところに、と貝殻骨《かいがらぼね》（肩甲骨）を指し、

「いびつな黒子《ほくろ》がありました」

死体の背に手を差し込み、持ち上げた。死斑《しはん》に邪魔され見え辛くなっていたが、小豆《あずき》を踏み潰したような黒子があった。

「ちらとでいい。見てくれ」

勘八が首を伸ばして、指の間から背を見た。

「その黒子です。繁次郎です」

「ありがとよ。大助かりだぜ」

表に出ると、新治郎の姿が見えた。後ろには百井がいた。文句が言いたいのだろう、口許《くちもと》が小刻みに動いている。百井を無視して、新治郎に言った。

「仏の身性が分かった。渡り大工の繁次郎だ。住まいは平右衛門町の《芳兵衛店》。行っても無駄だ。借店ん中は、家探しされていた」

大家に知らせてやるように、と言い添えた。仏を寺に移さねえとな。

「殺してまで手に入れたい物があったのでしょうか」

「こいつだ」

伝次郎が鬼の根付を取り出した。

「ご苦労であった。と褒《ほ》めてやりたいが、お役目の外であろう。余計なことはせんでよい。よこせ」

百井がわざとらしく、顔を顰《しか》めて手を出した。

「ところが、どっぷりこちらの獲物なんですよ」と伝次郎は言うと、根付を袖に仕舞い込みながら言葉を継いだ。「まだお渡し出来ませんな」

「何だ？　申してみよ」

繁次郎を殺した者は、十二年前に《讃岐屋》に押し入り、皆殺しの上、大金を盗んだ一味の者だ、と伝次郎が根付の謂《いわ》れを話した。

「実《まこと》か」
「実も実、十二年振りに出て来たんですよ」
「参れ。詳しく聞こう」
玄関口に向かいながら百井が、隼らの仕分けを目で指し、あのがらくただが、
と言った。
「何とかならぬのか」
鬼の根付は、あの中から見付けたものだ、と教えた。
「実か」
言ってから、実を安売りしていることに気付いたのか、百井が口許を手で拭《ぬぐ》っ
ている。黙って見過ごす手はない。
「すべて我らの手で始末したいのですが、ご存じのように手が足りません。とは
言え、宝の山ですので、後は百井様にお回しいたします。よろしく、ご配慮くだ
さいますようお願い申し上げます」
百井が唸《うな》り声を上げながら式台に上がった。新治郎は何も言わずに黙々と百井
の後に従っている。思わず伝次郎は、二ツ森家の将来を占うような心持で廊下を
見回し、正次郎を探した。二ツ森の血筋ならば、このような時にぼんやりとどこ

その詰所内で欠伸《あくび》を嚙み殺しているはずがない。二ツ森の血が濃ければ必ずひょっこりと出て来るであろうし、姿を見せなかったら母親の血で薄まってしまったのだ。

廊下を年番方与力の詰所に向かっていると、同じ本勤並の者らと書類の束を抱えて来る正次郎に行き合った。

正次郎の目玉が忙《せわ》しなく動いている。何か言いたいらしいが、百井と父親が難しい顔をしているので遠慮しているらしい。目が合った。正次郎の眉《まゆ》がひくひく、と上がった。

勝ったぞ。あれは、二ツ森の血だ。

にんまりと笑っているうちに、年番方の詰所に着いた。

定廻りの筆頭同心である沢松甚兵衛《さわまつじんべえ》が着座するのを待ち、「申すがよい」百井が、居丈高に言った。

――どうしたらよいのだ、二ツ森……。

与力として采配《さいはい》を振るわなければならないのだが、新参で要領が分からず、心細げな声を出していた頃の百井がふと脳裡《のうり》を掠めたが、今はそれどころではない。伝次郎は、顔を引き締めて、倉吉を見付けてからのことを順に話した。

渡り大工の繁次郎が、仕事で入った家から根付を盗んだ。それが勘八、朔太郎の手を経て倉吉に渡った。

「こっちが倉吉から調べて行くのと逆に、敵は繁次郎から調べ始め、勘八のところでぶつかったって塩梅でございますな」

「敵とは、すなわち《讃岐屋》に押し入った者どもだな」

「恐らくは」

「話が大事《おおごと》になりましたが、いかがいたしましょう？」

沢松が、伝次郎の横顔を盗み見てから百井に訊いた。

沢松は、今でこそ筆頭同心の地位にいるが、甚六《じんろく》と仇名で呼び、伝次郎が捕物のいろはから叩き込んだ同心である。どうしても気後れしてしまうのだろう。

情けねえな。伝次郎は気付かれないように舌打ちをした。そんな弱腰でどうするんだ。何で、私が、と取り仕切ろうとしねえんだ。

怒鳴り付けてやりたかったが、百井や新治郎の手前がある。ぐっと堪えようとしていると、反動で、それならば、と膝を乗り出してしまった。先ずは繁次郎の棟梁を探すことから始めてはいかがでしょうか。

「繁次郎が勘八に売ったのが十七日程前。とすると、二月《きさらぎ》の十九日辺り。その頃どこで仕事をしていたかが分かれば、どの家から盗んだか、判明すると思いますが」

「相分かった」と百井が言った。「後は、定廻りに任せよ」

沢松と新治郎の肩が、すっと下がった。百井の一言に安堵《あんど》したのだ。伝次郎の臍《へそ》がぐいと曲がった。

「それでは話が通りませんな。ここまで調べて来たのは、こちらなんですよ」

こっちに定廻りを加えてやろうじゃありませんか。こっちは、年で動きが鈍いのだから、すばしっこくて小回りが利くのがいてくれたら助かりますしね。

根付を見付けたのも、繁次郎の身性を突き止めたのも、永尋である。口応《くちごた》えなんぞ、出来まい。

百井が耳朶《みみたぶ》を赤くしながら言った。

「致し方あるまい」

新治郎をちらと見た。腕を組み、目を閉じている。

組屋敷への帰宅を遅らせた方がよいかもしれない。一度は隠居した身、何ゆえ折れぬのか、と文句を言われることは目に見えていた。

三月七日。四ツ半（午前十一時）。

定廻りが動員した手先のひとりが、繁次郎を使っていた棟梁を探し当てた。知らせは直ちに奉行所に届けられた。

「分かりましてございます。高砂町《たかさごちょう》の大工・五兵衛《ごへえ》でございます」

「出来《でか》した」

沢松から永尋掛りの詰所に呼び出しが掛かり、新治郎らとともに伝次郎は高砂町に向かった。新治郎の手先として働いている堀留町《ほりどめちょう》の卯之助《うのすけ》が、鍋寅の脇に寄り添い、気遣いを見せている。卯之助は鍋寅の手下として御用聞きの修業をした男で、手札を与えたのは伝次郎だった。その卯之助の下《もと》で隼と半六は手下として仕込まれていたのだが、伝次郎が永尋掛りとして再出仕するに及んで、再び御用に働く鍋寅の許に隼と半六を返していた。

奉行所から高砂町までは、ざっと二十五町（約二千七百メートル）。伝次郎と鍋寅の足でも、昼九ツ（正午）前には五兵衛の家に着いた。

知らせが市中を駆け抜けたらしい、散っていた同心と御用聞きらが家の内外に見えた。

「大騒ぎだぜ」

荒い息を吐きながら、伝次郎が言った。

既に繁次郎の件が知らされていたので、五兵衛は神妙な顔をして伝次郎らを待っていた。

「済まねえが、水をくれ。二杯、頼む」

新治郎が五兵衛に言った。一杯は鍋寅の分である。来た水を、伝次郎と鍋寅が音を立てて飲み干した。一息吐いた伝次郎が、

「こう出入りが多いと仕事にならねえだろうが、勘弁してくんな」

湯飲みを戻しながら言った。

「それはもう」伝次郎に答えてから、どうして、と五兵衛が訊いた。「繁次郎は殺されたので？」

「それを調べようとしているんじゃねえか。先ずは、訊かれたことに答えてくれ」

「あっしどもの知っていることなら、何なりと」

「二月頭から、そうだな、二十日頃までの間に、繁次郎に仕事を回さなかったかい」

「先月でございますね。分かりました。少々お待ちを」

棚の台帳を手に取ると、紙を繰《く》り始めた。

「手間賃のことがございますので、細かく付けているのです。渡りの者は、金銭にはうるそうございますので」

繰った紙を戻している。

「分かったから、よく見てくれよ」

「ございました。繁次郎のは、これで」

ひとりずつ仕分けされていた。

「三軒に出向いております。読み上げます。七日から十一日までが横山同朋町《よこやまどうぼうちょう》の《伊勢屋《いせや》》さん、十一日から十三日までが小伝馬上町《こでんまかみまち》の《相模屋《さがみや》》さん。重なっているのは、半日ずつです。そして十五日から十八日までが猿屋町《さるやちょう》の《池田屋《いけだや》》さんでございます」

繁次郎はこの三軒の中から根付を盗んだのだ。そして、その一軒こそがかつて《讃岐屋》に押し入った賊か、仲間の店であるに違いない。そうでなければ繁次郎が顔を潰されるような殺され方をするはずがない。勘八を追う刻《とき》を稼ごうと、繁次郎の身性が分からぬようにしたのだ。

「十八日と言うと、何日前だ？」鍋寅に訊いた。

「何日だ？」鍋寅が卯之助に訊いた。

「十九日前になりやす」

「十九日だそうです」鍋寅が言った。

「仕事に入った三軒の中で、繁次郎のことを訊きに来たお店はあったかい」五兵衛に訊いた。

「いいえ。ございませんでしたが」

五兵衛に訊かずとも、繁次郎の住まいを探し出したのだろう。盗まれた、と気付き、塒を突き止めて殺す。十九日ならいい頃合だ。

「それぞれのお店で、どんな仕事をしたんだ？」

《伊勢屋》は揚げ戸と納屋の修理、《相模屋》は厠《かわや》の戸の付け替えと格子窓の修理、《池田屋》は雨戸と戸袋の修理だった。

卯之助が三軒の場所を書き留めた。

「何か訊くことはねえか」伝次郎が新治郎に訊いた。

「繁次郎はひとりだったのか。それとも、相方がいたのか」

「三軒とも、弁三《べんぞう》という若いのと一緒でございました」

「その弁三には会えるか」

「それが……」

今日は昼四ツ（午前十時）までに、ここに来ることになっていたのですが、今になっても来やしねえんです。

だらしのない男なのか。新治郎が訊いた。

「いいえ。真面目な奴なので、後で見に行こうかと思っているくらいでして」

「俺たちで行く。住まいを教えてくれ」

繁次郎らが仕事に入った三軒のお店の調べは他の同心らに任せ、伝次郎と新治郎らは、弁三の長屋に向かった。弁三の住まいは、浜町堀を挟んだ向かい、久松《ひさまつ》町《ちょう》の長屋だった。

長屋は直ぐに分かった。大家の案内で、弁三の借店に入った。中は片付けられており、家探しされた跡はなかった。大家の話では、昼四ツ前に道具箱を担いで出掛けたらしい。それ以降足取りが途絶えたことになる。繁次郎が殺され、勘八が襲われたのだから、敵は根付の流れに沿って動いていることになる。弁三が襲われていたとしたら、繁次郎がどこのお店から盗んだかを知る者の口を封じようとしたのだろう。先ずは弁三を無事に見付け出さねばならない。手分けして、探すことにした。大家と相長屋の者を集め、詳しく人相を訊き、顔を出しそうなお店や仲間の家を回ることにした。

夕七ツ（午後四時）を過ぎ、疲れた切った足を引き摺《ず》りながら奉行所に戻ると、染葉と隼や同心らに混じって、倉吉と勘八が仕分けの手伝いをしていた。染葉が言った。

「百井様が、空いている中間部屋に置いてやるから手を貸せ、とお命じになられたのだ」

勘八は身の安堵のためだと分かるが、窩主買の倉吉らにその仕分けを手伝わせるとは、と伝次郎も驚いた。牢屋敷や大番屋に送られるよりは、と懸命に働いているではないか。あの男は、やはり馬鹿じゃねえ。それなりの力で年番方になったのだ。頷いているところに、新治郎と卯之助らが弁三の探索から帰って来た。

「どうであった？」

「どこにも」

新治郎が首を横に振った。既に敵の手に落ちてしまったのかもしれない。

「そうか」

新治郎の後から玄関を上がり、年番方の詰所に出向いた。

繁次郎らが仕事をした《伊勢屋》、《相模屋》、《池田屋》の調べは終わっていた。

「これが調書《しらべがき》だ」

「読みましょう」新治郎が手に取り、《伊勢屋》から読み上げた。「《伊勢屋》は老舗《しにせ》の太物《ふともの》問屋で、横山同朋町に店を構えたのが四十五年前になります。近隣との付き合いも繁《しげ》く、至って評判のよいお店です。足袋《たび》股引《ももひき》問屋の《相模屋》は、親類から迎えた娘婿《むすめむこ》が代を継いだばかりのお店です。娘婿は随分と商い上手らしいのですが、まだまだ先代が何もかも取り仕切っている、と書かれております」

「違うな。次に行け」

伝次郎が、責付《せっ》いた。

「猿屋町の扇問屋《池田屋》です。ここは十五年前に店を同地に構えた新しい店です。主《あるじ》の名は、善兵衛《ぜんべえ》。善人の善です」

「くせえな」

「まだ途中ですが」

「頭に善の字が付く奴は、悪党に決まっている」

「構わず、先を読め」百井が言った。

「近隣の者や同業の仲間との付き合いに目立ったところはなく、堅実な商いをしているようです」

「奉公人の数は？」

「七人。通いの雇い人はなく、お店の中は男衆だけだそうです」

「すると、賄《まかな》いもてめえらでするのか。何をそんなに大店のように構えていやがるんだ？」

「女っ気がないと言えば、主も独り者だそうです」

「珍しい話ではないが」と百井が言った。「どれがくさいかと言えば、そこであろうな」

「いいや、《池田屋》に間違いねえ。先の二軒で盗んだとなると、持ち過ぎだ。《池田屋》から盗んだとなれば、一日二日抱えてから売ったことになる。繁次郎のように仕事先から盗むような奴は、いいとこ二日が限度だろうぜ」

「すると、この《池田屋》の正体は？」新治郎が伝次郎に訊いた。

「それよ。化けの皮をひん剝いてやろうじゃねえか」

伝次郎が咽喉《のど》を鳴らした。

此奴《こやつ》、化け猫か。百井亀右衛門は思いを飲み込むと、《池田屋》に見張り所を設けるよう新治郎に命じた。

四

三月八日。

新治郎の仕事は素早かった。前夜のうちに、猿屋町と幅四間弱（約七メートル）の鳥越川《とりごえがわ》を挟んだ向かいの元鳥越町にある、下《くだ》り傘《がさ》問屋《大和屋《やまとや》》に話を付け、二階の一部屋を見張り所に借り受けて来たのだ。多少離れているが、《池田屋》の店先の出入りがよく見えた。《大和屋》には、大川から鳥越川を遡《さかのぼ》り甚内橋《じんないばし》に向かう舟を見張る、とだけ伝えてある。見張りを置いていると《池田屋》の者に漏れぬよう、《大和屋》には堅く口止めをしていた。

「上出来だ」

伝次郎は、永尋掛りの詰所を八十郎と真夏の父子《おやこ》らに任せ、自身は染葉とともに見張り所に詰めることにした。新治郎には、定廻りとしてのお役目がある。もう少し動きが出て来たら呼べばよいし、呼ばなくとも折に触れ様子を見に来るだろう。それが、新治郎という男だった。

伝次郎と染葉は見張り所に行く前に猿屋町の自身番に立ち寄り、主以下番頭、手代七人の名と過去五年以内にお店を辞めた者の有無を調べた。江戸市中か近郊に住まいしていれば、お店の中のことが訊けるからだ。辞めた者はふたりいたが、ふたりとも六十を過ぎた老人であった。恐らく、生まれた土地で死にたいからと郷里に引き上げたのではないか、と自身番に詰めていた大家は言っていたが、それはてめえの勝手な思い込みだろう。悪いのは棺桶《かんおけ》に入るまで悪いことしか考えねえもんだ。

「しょうがねえ。根気よく見張るしかねえな」

俺たちが《池田屋》を見張っている間に調べておいてくれ、と河野道之助に頼んだことを思い返しながら、元鳥越町の路地に折れ込んだ。《池田屋》が店を開いた十五年前を目安に、五百両以上の金子が盗まれた押し込み事件を、捕縛されたか否《いな》かに関わりなく抜き出し、盗まれた金額とともに盗まれた品があったら書き出してくれ、というのが頼み事であった。永尋に回された事件の中に、金子とともに品物を盗まれた事件があるかどうかを知りたかったからだった。また、下限を五百両にしたのは、一味がそれだけの大仕事をしている者どもだ、と読んだのである。

《池田屋》が悪事に手を染めているならば、他に何もしていないとは思えない。もし、他にも同様の事件があるとすれば、一味の仕業《しわざ》である公算が大となる。これまで個々の事件として見ていたが、同一の者どもの所業として結び付くかもしれないのだ。

もうひとつは、お調べで《池田屋》に入った時の備えである。押し入った覚えのためにとか、あまりの見事な出来につい手が出てしまったとか、盗んだ品を手許に置いていた訳は想像しようもないが、鬼の根付だけなら、拾った、もらった、と言い逃れることも出来るだろう。だが、そのような品がふたつ、三つと重なれば、最早言い逃れは出来ないはずだ。

首を洗って待っていろよ。

鼻息荒く見張りを始めたが、店の者に目立った動きはなかった。一日中、細く開けた窓障子から顔半分覗かせているのに飽きたところで、ふと伝次郎は思い出した。

確か、勘八の叔父と称して、朝比奈家を訪ねた六十くらいの男がいたはずだ。《池田屋》にいるその年頃の者と言えば、番頭である。門番が顔を覚えているかもしれない。

　勘八を狙った者たちの顔はどうか、とも思ったが、襲われそうになったことも分からずにいたのだ。考えないことにした。

「ちいと歩いて来ないか」

鍋寅に十手を持たせ、朝比奈家に向かわせた。見張り所から朝比奈家までは八町（約八百七十メートル）。門番がおり、直ぐに出られたとすれば、半刻（約一時間）足らずで連れて来られるだろう。

案の定半刻も経たないうちに鍋寅の背に隠れるようにして、門番が見張り所に上がって来たが、都合二日間張り付いた甲斐もなく、叔父と言って訪ねて来た男は番頭ではなかった。

その間に、河野の調べがまとまった。五百両以上の金子を盗まれた押し込みは、数年毎《ごと》に起きていた。すなわち、

寛政《かんせい》三年（一七九一）二月二十八日四ツ半（午後十一時）
小網町《こあみちょう》の船具問屋《桑名屋《くわなや》》
手代ひとり惨殺さる

約一千両強奪　金子の他は手を付けず　捕縛

寛政六年（一七九四）一月二十九日九ツ半（午前一時）
富沢町の薬種問屋《讃岐屋》
皆殺し
一千二百両強奪の上、根付四点盗まる
根付の詳細は別紙添付　永尋

寛政八年（一七九六）十月二十五日夜九ツ（午前零時）
芝神明門前町《しばしんめいもんぜんちょう》の書物問屋《播磨屋《はりまや》》
主が手に軽い怪我《けが》
八百両強奪　金子の他は手を付けず　永尋

寛政十二年（一八〇〇）十一月二十八日九ツ半（午前一時）
諏訪町《すわちょう》の紙問屋《小川屋《おがわや》》
皆殺し

一千四百両の他、銀煙管《ぎんきせる》、掛け軸一幅《ぷく》盗難
銀煙管と掛け軸の詳細は別紙添付　　永尋

享和《きょうわ》　三年（一八〇三）九月三十日四ツ半（午後十一時）
佐久間町四丁目の醤油《しょうゆ》酢《す》問屋《春木屋《はるきや》》
怪我人なし
七百五十両強奪　金子の他は手を付けず　　捕縛

であった。

「根付の他にも品物が盗まれたのは、《讃岐屋》の他は《小川屋》だけか」

「こちらも奴どもの仕業なのでしょうか」

「押し入りの日付は、晦日《みそか》近く。刻限は、ともに九ツ半……」

「似ていますね」

「寛政六年。次が、十二年。一千二百両のお宝を盗《と》ったとなれば、ほとぼりをさますために、五年は間を空けるかもしれねえな」

「一挙にふたつの永尋が片付くことになるやもしれぬぞ」

染葉が言った。頷いた伝次郎が河野に訊いた。

「この煙管と軸について、詳しいことを聞かせてくれ」

「添付されていた別紙によりますと、銀の煙管は、名人として名高い三代目・与《よ》志吉《しきち》の作なので、盗ろうとする気持ちも分かるのですが、掛け軸は世に知られていない無名の絵師の作でして、図柄は白狐《びゃっこ》です」河野が言った。

「お狐様か」

「三囲稲荷《みめぐりいなり》で行われる雨乞《あまごい》の祈りに行くのだ、と軸を出したその夜に襲われたので、親類の者が見ておりました。それで、盗まれたと分かったのだそうです。同じような事件はあるものなのかと、念のためもう少し遡って調べてみますと、ございました」

《池田屋》が店を開いた十五年前から、更に四年遡った天明《てんめい》七年（一七八七）に、金子とともに掛け軸が盗まれた押し込みがあった。

「黒船町《くろふねちょう》の料理茶屋《萬屋《よろずや》》で、一千三百両の金子の他に、掛け軸二幅が盗まれました。翌月捕縛された折、無名の絵師の筆になるものなので、吟味方も不思議に思ったのでしょう、盗んだ訳を問うておりますと、それによりますと、『描かれていた景色が郷里に似ていたから』という返答でした。ふたりの者を殺し、慌てて金子を盗む。そのような折にも、人の心は計り知れぬ動きを見せるものなのですね」

「なあに、簡単なことだ。ほしいものがあると、我慢出来なくなるだけよ。いやしいんだな」大助かりだ、と伝次郎が言った。「あの家《や》から、他の根付か銀煙管か白狐の掛け軸が出てくれれば、ぐうの音も出ねえぜ」

見張りを始めて四日。三月十一日になった。

相変わらず《池田屋》の者の外出《そとで》は少ない。出掛けたとしても、近間《ちかま》ばかりであった。

「商いってものがあるだろうによ。もっと出歩かねえかい」

悪態を吐いていた伝次郎が痺《しび》れを切らした。こうなりゃ、太郎兵衛旦那にちょろちょろしてもらおうか。

三月十二日。

年の頃は七十近い女が、扇問屋《池田屋》の裏戸をそっと叩いていた。

「もし、お願いいたします。もし」

叩き続ける音に苛立ったのか、勝手口が開き、男が跳ねるようにして裏戸の際に寄った。

「どちらさんで？」

「お願いがございます。ここをお開けくださいませ」

「用件を、先に仰《おっ》しゃってはいただけませんか」

「何でもいたします。洗い物、縫い物、賄い。力もございます。納戸の片付け、植木のお手入れ。お申し付けいただければ、何でも喜んでさせていただきます」

「話ってのは、それだけですかい」

「お願いいたします」

「間に合ってるよ。帰りな」

立ち去ろうとする足音目掛け、女が言った。

「また、参ります。その節はよろしくお願いいたします」

「塩、撒《ま》こうか」

男の低い笑い声を聞いて、女が裏戸を離れた。

女は鳥越橋まで戻り、天文屋敷をぐるりと回り込んで、伝次郎らの詰めている見張り所に上がって来た。様子を見に来ていた新治郎と卯之助が、膝をずらして脇に下がった。

「ご苦労だったな。どうだった？」

伝次郎が太郎兵衛に訊いた。鍋寅が急須に手を伸ばした。すかさず立ち上がろうとした卯之助を制し、鍋寅が茶を淹れ、太郎兵衛に差し出した。

「ありがとよ」

太郎兵衛は縁のところを啜《すす》ると、ふっと息を吐き、碌《ろく》でもない奴だったよ、と言った。

「年寄を労《いた》わるってことを知らないね」

「奴ら普通のお店者か、それとも裏があるか」

「ひとりしか分からないけど、腹に蛇を飼っているよ。堅気《かたぎ》じゃないね」

「よし、そのうちまた頼むぜ」

「あいよ。いつでも声を掛けとくれ」

その二日後の十四日。《池田屋》から手代風体の者が出掛けた。

「あれは駒吉《こまきち》と呼ばれていた者だ」

数日前に、扇子を求める振りをして三人の名を聞き覚えて来ていた染葉が、勝ち誇ったかのように言った。

「よしっ、駒吉を尾けろ。染葉旦那のお覚え目出度《めでた》い野郎だ。食い付いて離れるなよ」

「合点《がってん》でやす。大旦那」

新治郎が気を利かせて置いていった卯之助と手下の太吉《たきち》が、水を得た魚のように見張り所を飛び出した。

駒吉は鳥越橋を渡ると北に向かった。歩みに迷いがない。まだまだ行き先は遠いのだ。卯之助の経験が教えた。駒形町《こまかたちょう》の先で道がふた手に分かれている。左に行けば浅草寺《せんそうじ》にぶつかり、右に行けば花川戸町《はなかわどちょう》に出る。駒吉は右に入り、更に歩を進め、今戸橋《いまどばし》を渡った。どこまで行くのか知らねえが、大旦那との仕事なんでぇ、どじは踏めねえぜ。てめえに気合を入れ直していると、

「親分」太吉が低い声で言った。

駒吉が今戸町《まち》の飴屋《あめや》に寄っている。近頃評判の都飴《みやこ》という飴で、薄荷《はっか》の味がするらしい。駒吉が飴を嘗《な》めるとも思えない。誰ぞへの土産《みやげ》か。

駒吉が再び歩き出した。飴の袋を手に、大川からの川風に吹かれながらずんずんと歩いて行く。銭座《ぜにざ》の脇を抜け、橋場町《はしばちょう》に入ったところで、左に折れた。家の建ち並んだ町屋は直ぐに尽き、その先は寮が点在している。駒吉は、そのような寮のひとつに入って行った。生垣に囲まれた小さな寮である。

卯之助らは灌木《かんぼく》の中を這《は》うようにして生垣の側《そば》に寄った。

何を話しているのかは聞こえないが、男と女の声がしている。玄関で話しているらしい。女の華やいだ声が、鳥の鳴き声を思わせた。

「では、確かにお伝えいたしました」

駒吉の身体が半分、玄関から覗いた。

「いいじゃないか。茶でも飲んでおいきよ」

「ありがとうございます。ですが、のんびりともしておれませんので」

「じゃ、飴……」

女の白い手が伸び、駒吉の掌に飴の粒を幾つか落とした。

「飴を嘗めるなんざ、十年振りです」

「だめだよ。飴を嘗めるのは、久し振りですって言うんだよ。堅気は」

「姐《ねえ》さんには、負けます。では」駒吉が奥に声を掛けた。「これで、戻りますんで」

勝手口が開き、表に回って来る足音がした。

「もう帰るのかい？」

六十ばかりの老爺《ろうや》が、玄関脇に姿を現した。

「せっかく美味《おい》しいものをと作っていたのによ」

「またってことで」

「そちらも気を付けて、と伝えておくれ」女が言った。

「承知いたしました」

駒吉が来た道を戻って行く。

「どういたしやしょう？」太吉が訊いた。

「ありゃあ、《池田屋》に帰るに決まっている。俺たちはこっちだ」

名主《なぬし》の家に行くぞ。卯之助が太吉に言った。あの女がどこの誰なのか、調べにゃなるめえ。

その頃、伝次郎と鍋寅は、別の男を尾けていた。名は宗太郎《そうたろう》。手代のひとりである。駒吉が出て間もなくして、風呂敷包みを手にお店を出たのだ。

足が萎《な》えちまうから、ふたりで歩くぜ。

新治郎と染葉に言い、見張り所を抜け出していた。帰りに何かこってりとしたのを食わねえと、身が保《も》たねえよな。思いの半分は、そこにあった。

宗太郎は七曲《ななまが》りを抜けて左衛門河岸に出ると、神田川沿いに西に進み、新シ橋《あたらしばし》を南に渡った。柳原通りに出た宗太郎は、そのまま筋違御門《すじかいごもん》の方へと向かっている。

和泉橋《いずみばし》の前を通り過ぎようとした時だった。商家の主風体の男が、宗太郎を呼び止めた。男は、旗本屋敷を出て、橋に向かって通りを横切ろうとしているところであった。

「もし、《山城屋《やましろや》》さんではありませんか」

宗太郎が、驚いたように足を止めた。

「突然越されたので、どうしたのかと心配したものですよ。お元気そうでなによりでした」

「ありがとうございます……」

男は宗太郎の表情に浮かんだものを読み取ったのだろう。

「まあ、商いにはいろいろなことがあります。お互い励みましょうね」

頭を下げ、橋に向かった男の背を食い付くように睨《にら》むと、宗太郎は舌打ちをして歩き出した。

伝次郎は鍋寅を古着屋の陰に呼ぶと、懐の十手を手渡した。

「俺は宗太郎を尾ける。お前はあの男を追い、《山城屋》と呼んでいた訳と、そのお店がどこにあったのかを訊いてくれ。見張り所で落ち合おう」

「合点で」

鍋寅は古着屋と柳原土手の隙間《すきま》を猫のような素早さで擦《す》り抜けた。

やるじゃねえかよ。

見ている暇《ひま》はなかった。宗太郎の背が豆粒のように遠退《とおの》いている。

「いけね」

伝次郎は人波を掻き分けながら駆け出した。


夕七ツ（午後四時）の鐘から四半刻が過ぎた。

もう皆は戻っているだろうか。伝次郎が見張り所の階段を上っていると、《大和屋》の主が階段下を、ご苦労様です、と頭を下げながら通り過ぎようとした。

いつまで続くのか、気にし始めたのかもしれない。

「世話になったが、もう直ぐ片が付きそうな塩梅だ。これからは、困ったことがあったら、何でも言ってくれな。南町が味方するからよ」

主の顔から憂いが消え、笑みが浮かんだ。損得勘定が合ったのだろう。

「片が付くのですか」新治郎の出迎えの言葉だった。

「だとよいのだがな」染葉が言った。

「そんな気がするんだが」

答えながら鍋寅を探した。いない。卯之助の姿も見えなかった。

隼と半六が見張りをしていた。仕分けは終わったのか、訊いた。

「一通り済んだので、後は御奉行所の方で始末されるそうです」

勘八は近の手伝いをさせられ、倉吉らは思い出す限りの盗品の入手先を言わされているらしい。部屋の隅に、風呂敷包みが置かれているのに気が付いた。

「申し上げるのが遅れました」

隼が風呂敷包みを両の指先で部屋の中央に押し出した。

「御新造《ごしんぞう》様お手作りの夕食でございます。お握りと煮染《にし》めだと仰しゃっておいででした」

御新造様とは新治郎の嫁の伊都《いと》のことである。見張り所が分からないからと、奉行所まで携えて来てくださいました、と隼が言った。

「気を遣わせてしまったな。伊都に、よく礼を言っておいてくれよ」

応える代わりに、新治郎が訊いた。

「それよりも宗太郎ですが、いかがでした？」

隼が見張りを半六に任せ、身を乗り出したところに、卯之助と鍋寅が揃って戻って来た。鍋寅から十手を受け取りながら、伝次郎が言った。

「丁度いい。片が付くか付かねえか、話を聞こうじゃねえか」

卯之助の話から始まった。

「駒吉は、橋場にある寮へと真っ直ぐに向かいました。寮の住人は、女と寮番の老爺のふたり。手始めに名主を訪ね、御用の筋だからと頼み込み、寮のことを聞き出しました」

女の名は関《せき》。寮番は作蔵《さくぞう》。寮は女の名で借りられておりました。貸しているのは、田原町《たわらまち》の塗物問屋《福田屋《ふくだや》》。先代のために建てたんですが、一年住んだところで亡くなり、それで貸し出しているだけで、関については何も知りませんでした。近くの寮の者に聞いた話ですが、旦那らしい大店の主風体の者が、時折訪れる。その者は、人相や年頃から見て、善兵衛と断じてもよいかと思われます。

「寮番の爺《じい》さんは、幾つくらいなのだ？」染葉が訊いた。

「六十というところでしょうか」

「若《わ》けえじゃねえか」伝次郎が言った。

「まだ青二才でやすぜ」鍋寅が口を挟んだ。

「旦那ぁ」卯之助が新治郎に助けを求めた。

「六十というと、朝比奈様のお屋敷に、叔父だ、と名乗って現れた者の年恰好と合致するな」染葉が新治郎に言った。新治郎が頷いた。

「それよ」伝次郎が言った。「鍋寅、もう一度朝比奈様の門番を引き摺り出して、寮番の面《つら》を拝ませてやってくれ」

卯之助に、鍋寅を寮まで案内するよう命じてから、鍋寅に話を促した。

鍋寅は、宗太郎が男に呼び止められたところから話を始めた。

「男は、黒船町の墨筆硯《すみふですずり》問屋《雲崗堂《うんこうどう》》の主・清助《せいすけ》でした。清助の言った《山城屋》は元同じ町内で扇子や京紅を商っていた店で、宗太郎が主という触れ込みだったとか。寛政八年（一七九六）にお店を開いたものの、うまく立ち行かなかったのか、享和元年（一八〇一）の暮れに突然店を畳《たた》んでいなくなり、以来初めて会った、と申しておりやした」

「黒船町の向かいは諏訪町だ。しかも、《山城屋》が開いている間に、諏訪町の紙問屋《小川屋》が襲われている……」伝次郎が皆の顔をぐるりと見た。

「旦那ぁ」鍋寅の顔が弾《はじ》けそうになっている。

「待て、先に言わせろ」伝次郎が鍋寅を制して言った。「宗太郎のボケは、柳原岩井町《いわいちょう》に住む絵師の菱田鴻鵠《ひしだこうこく》の家に入った」

「岩井町と言うと」新治郎が伝次郎を見た。

「おう」伝次郎は頷くと、鍋寅に訊いた。「鍋町の近くだ。知らねえか」

「鯉《こい》こくなら分かるんでやすが。菱田鯉こく」

「濃い赤味噌《みそ》で煮込んでな。あれは美味《うま》いもんだな」

「伝次郎」染葉が先を促した。

「混ぜっ返すんじゃねえ」鍋寅に言い、続けた。「扇子に絵を描かせるのかとも思ったが、どうもそうじゃねえらしい。弟子がふたりいた。若くて、絵筆より匕首か棍棒《こんぼう》を持たせた方が似合いそうなのだ」

「鴻鵠の面をご覧になられたんで？」

「見た」

お世辞にも人相がいいとは言えねえ。はっきり言えば悪相だ。描くにしても花鳥風月よりは、本所深川鮫ヶ橋《ほんじょふかがわさめがはし》。岡場所巡りの世之介《よのすけ》ひとり旅だろう。

「自身番で鴻鵠を調べてみた」

四年前の享和二年（一八〇二）に、柳原岩井町に越して来ていた。

「その前の年の暮れに《山城屋》は黒船町を出ていると言ったな？」

「へい、左様で」

「まるで入れ替わるようじゃねえか。符合しねえか。寛政十二年（一八〇〇）に襲われた《小川屋》の近くに、その四年前の寛政八年に越したのがいただろう」

「《山城屋》です」隼が意気込んで言った。

「そうよ。どうだ、奴らの手口が読めねえか。奴らの根城は《池田屋》で、鴻鵠も一味なのよ。押し込みを働く時は、狙いを付けたお店の近くに先ず小体な店を開き、そこから襲う。押し込んだその夜に遠くまで逃げようとすれば、町木戸を抜けるのも難儀だし、誰かに姿を見られもしよう。が、ごく間近に隠れ家があるんだ。一旦そこに引き上げ、後でこっそりひとりずつ《池田屋》や他の塒に戻る。襲ったお店近くの店にいた者は、ほとぼりの冷めるのを見計らって店を畳み、《池田屋》に引き上げる。《池田屋》そのものは、堅気を装い続け、御上の目を晦《くら》ませてきたって訳だ」

「よく考えたもんでございますね」卯之助と太吉が唸り声を上げた。

「ために、《讃岐屋》の件も《小川屋》の件も、永尋入りをしていたのだな」染葉が拳《こぶし》を握った。

「《讃岐屋》から《小川屋》まで六年。《播磨屋》の一件は、品物に目もくれていねえから、別の奴らの仕業と考えていい。となると、《小川屋》の一件から六年だ。そろそろ動き出してもいい頃だ。先手を打って一網打尽にしてくれようぜ」

伝次郎は鍋寅と卯之助に、明日朝比奈家の門番を連れて寮番の顔を見に行くよう念を押し、俺たちは、と染葉に言った。

「《雲崗堂》の主に、鴻鵠と弟子の顔を見せに行こうぜ」

「都合よく外出《そとで》してくれやすでしょうか」鍋寅が首を捻《ひね》って見せた。

「お近の出番よ。大店の内儀《ないぎ》に化けさせて、屛風絵《びょうぶえ》を描いてくれと鴻鵠のところに行かせれば、送りに出るだろうが」

近は十九年前まで、堀江町《ほりえちょう》の畳表問屋《布目屋《ぬのめや》》の内儀であった。内儀ならば、地で出来るはずだ。

「なある」ほど、と言う代わりに掌を叩いた。

翌日、それぞれの成果が上がった。

朝比奈家を訪ねた勘八の叔父と言って来たのは寮番の老爺であり、近を見送りに出た菱田鴻鵠の弟子のひとりが《山城屋》にいた手代の長吉郎《ちょうきちろう》であることが分かったのだ。

「仕上げに入るぜ」伝次郎が、嬉しそうに掌を擦《こす》り合わせた。

五

一日置いた三月十六日。

花《はな》こと花島太郎兵衛が、《池田屋》の暖簾を潜った。日が中天を過ぎた昼八ツ（午後二時）頃であった。

「おいでなさいまし」

身形《みなり》のみすぼらしさから上客ではないと踏んだ駒吉が、問い質《ただ》すような口調で言った。扇子をお求めですか。

「そうさねえ。主人か番頭か、誰か話の分かるのを呼んでおくれでないかい？」

「ご用件は？」

「妙なことを言うねえ、あたしゃ客だよ。客が訊いているんだ。いるものなら、いる。いないものなら、いない。そう答えれば、いいんだよ」

「どうしました？」

絹秩父《きぬちちぶ》の袷羽織《あわせばおり》を着た男が、すっ、と立ち上がり、駒吉に声を掛けた。主の善兵衛なのだろう、身に着けているものが、他の者とは違う。

「代わりましょう」

駒吉が下がり、男が花の前に座った。

「私は花と申します。失礼ですが、ご主人様ですか」

「左様でございます」

「ありがたいね。話が早くていいや。聞いておくれな。あたしゃいつぞや裏戸んところで、何でもいいから働かせてくれ、と頼んだのに、ここの若いのに、塩を撒かれそうになったんだよ」

「それはお気の毒な。失礼をいたしました」

「本当に、そう思っているのかい？」

「商いはお客様あってのもの。左様心得ております」

「それならばさ、今日は売り物を持って来たんだけど、買っておくれな」

「手前どもでは、そのようなことは」

花の後から扇子を求めに入って来た武家の客が、面白げに見ている。河野道之助である。

「これなんだけどね」

花が懐から根付を出して、善兵衛に見せた。

「それは……」

善兵衛の手が宙に浮いて、止まった。納戸に隠しておいたのを、大工の繁次郎に盗まれた、名人・早野三郎助の鬼だった。胡座を掻いて大笑いしている。間違いない。だが、なぜ、この女が持っていやがるんだ。

「どうして、あなたが……？」

血の気をなくした真っ青な顔で訊いてきた。いい顔色だねぇ。紅をさしたら映えるよ。何だい、その目は。血走ってるのかい。堪《たま》らないねぇ。あたしゃ、悪党の、その切羽詰まった面《つら》ぁ見るのが大好きなんだよ。お小水がちびるじゃないか。

花は、後れ毛を掻き上げながら、じゃ、何かい、と言った。

「あたしにゃ、相応《ふさわ》しくない持ち物だってのかい？」

「そのようなことは」

「あるんだよ。だから売っ払っちまいたいのさ。買うのかい、買わないのかい？」

「ここでは、何でございます。奥へどうぞ」

聞きたいこともあれば、余人には聞かせたくないこともある。

「いいよ。こんな身形《なり》してるんだしさ」

「そう仰しゃらずに」

「聞こえなかったのかい。あたしは、いいよ、と言ったはずだよ。くどいのは嫌いだね」

「分かりました。お幾らで、お譲りいただけますのでしょうか」

「そうさねえ、本当のことを言うと、あたしにはこの品の価値は分からないんだよ。言ってみておくれよ」

「では、三両では？」

「値打ちが分からないったって、あたしゃ馬鹿じゃないんだ。間違えないどくれ」

「五両。五両ではいかがでしょうか」

「あんた、正気かい？　商人《あきんど》ならもうちっとまともな値を弾き出しておくれよ」

「分かりました。十両出しましょう」

「だめだ、話にならないね」

　何を。思わず気色ばみそうになったが、武家の客がまだ扇子を選びながら聞き耳を立てている。荒っぽいことは出来ない。

「仰しゃってください。如何程《いかほど》ならお譲りくださいますのでしょうか」善兵衛が縋るようにして言った。

「それを考えとくれ、と言ったじゃないかい。うんざりだよ、あたしゃ。いつも嫌なあしらい受けてばかりでさ。明日か明後日《あさって》、もう一度来るから、こっちが納得するだけの答えを出しといてくれるかい？」

承知いたしました。善兵衛が、奥歯を噛み締めるようにして言った。

「あたしを喜ばせておくれよ」

花はひょいと立つと、暖簾の下まで行って振り返り、邪魔したね、と言い置いて、稲荷社の方へと歩いて行った。

駒吉と宗太郎が、裏に消えた。抜け裏から表に回り、跡を尾けるのだろう。扇子を選び終えた河野が、代価を支払い、店を出た。通りには、花も駒吉らも見えなかった。

花の後ろ姿が天王町《てんのうちょう》の老舗の羽根《はね》問屋の中に消えた。羽根箒《ぼうき》や茶の湯箒などを商う大店である。貧しげな花には似合わない買い物だ。駒吉と宗太郎は顔を見合わせてから、暖簾近くに寄った。花の声が聞こえて来た。

いい品なんだよ。こちら様ならばと見込んで、十両出そうという店があったのに、売らないで来たんだよ。もちっと色を付けちゃいただけませんかね。

「あの婆《ばば》あ」

宗太郎が腹に手を入れた。匕首の柄を握ったのだろう。

「はやまるんじゃねえ。道楽に十両以上の金を出せる奴は、そうはいねえよ」

花が、悪態を吐きながら、勢いよく暖簾をふたつに割って出て来た。

ほらよ。駒吉が目で言った。

花の足が御蔵前片町《おくらまえかたまち》と新旅籠町《しんはたごちょう》のお店で止まったが、どちらの店でも買い切れなかった。

「諦めの悪い婆あだな」

花が幅二間半余（約四・五メートル）の新堀川《しんぼりがわ》に沿って北に歩いて行く。小さな門前町がぽつぽつとあるが、いくら名人の作とは言え、右から左に十両以上の金を出せるような店はなかなかない。

「嘗《な》めた真似をしやがって、今度売ろうとしてみやがれ」宗太郎が地面に唾《つば》を吐いて言った。

「頭《かしら》のことだ。大事《でえじ》な根付を取り戻すのに、何のためらいもねえ。あの婆さん、直ぐに生きて来たことを後悔することになるってものよ」

「首を絞めるのは、俺に任せてくれな」

「仕方ねえ、俺が腸《はらわた》を引き摺り出すか」

忍び笑いを漏らしたふたりの目の先を、花が横切った。こし屋橋《やばし》を渡っているのだ。渡れば、阿部川町《あべかわちょう》である。

「この辺りに塒がありそうだな……」

花は通りから横町に折れると、総菜屋で煮物を求め、程近くにある長屋に入った。草臥《くたび》れ果て、今にも倒れそうな風情である。

宗太郎が、するすると木戸門を潜り、路地を覗いて顔を顰《しか》めた。

「ひでえ長屋だ。溝板《どぶいた》が腐って落ちてるぜ」

奥の方から笑い声が聞こえた。宗太郎と駒吉が足音を忍ばせて路地の端まで進んだ。花が井戸端にいる女と話している。

「何か上手い話はあったかい?」

近が伝次郎に教えられた台詞《せりふ》を言った。

「根付を高く売ろうとしたんだけど、昼のおまんま食べた後だったので、もうひとつ押しが効かなかった。悔しいったらありゃしないよ」

「安くすれば売れるだろうにさ」

「せっかくだから、吊《つ》り上げるだけ、吊り上げてやるさ」

「よしなよ。あんた、強欲だって評判悪いんだから程ほどにしな」

「余計なお世話だね。煮物、分けて上げようかと思ったけど、止《や》めたよ」

「勝手におし」

花が音高く腰高障子を閉めた。花の借店を見定め、宗太郎と駒吉が長屋を離れた。

ふたりの気配が遠退くのを待って、木戸門の脇にある大家の家の裏戸が開き、伝次郎と染葉、そして鍋寅と隼らが路地に姿を現した。

「掛かったな」染葉が言った。

「俺なら、今夜襲うぜ」

「俺もだ」染葉が伝次郎に言った。

「上手くことが運んだのは、鍋寅親分のお蔭《かげ》だ」伝次郎が路地を進みながら言った。「見直したぜ」

鍋寅に、丸ごと借りられる長屋を探させたところ、僅か一日で見付けて来たのが、この阿部川町の《溝板長屋》だった。雨漏りで床が腐り、取り壊しのために借店を空にしていたのを、阿部川町の御用聞きから聞き付けたのである。

「となれば、新治郎に手配させるか」

相手は花のひとり住まいと思い込んでいるはずである。おっかなそうな二本差しまでは連れて来ないだろうが、念のために八十郎か真夏にも来てもらっておいた方がよいだろう。と考えたところで、前に八十郎に任せて、百井からえらく説教を食らったことを思い出した。

――極悪非道な者とは言え、刃挽《はび》きの刀を使うくらいの配慮がないのか。

その時も借店に罠《わな》を掛け、襲い来る者どもを待ち受けたのだ。しかし八十郎が、動く者はみな斬《き》って掛かったため、斬り落とされた手足で足の踏み場もない程になってしまった。

だったら、今度は木刀を持たせればいいじゃねえか。借店の中が血の海になる心配はなくなるからな。詰所のお守をさせていたから、さぞや退屈をしていることだろう。

「済まねえが、奉行所まで走ってくれ」伝次郎が隼と半六に言った。「一ノ瀬父子に、ここに来るように言ったら、新治郎だ。まだ見回りに出ているだろうが、待つこたぁねえ、探し出すんだ」

定廻りが市中の見回りをする見回路《みちすじ》はひとりひとり決まっている。自身番を手繰って行けば、見付け出すことは難しいことではない。

「口上を教える。一度で覚えろ」

隼と半六が身を乗り出した。

遠くから木戸番の打つ拍子木の音が聞こえて来た。夜九ツ（午前零時）である。

「そろそろですかね」

半六が小声で鍋寅に訊いた。鍋寅は口では答えず、頷いて見せた。土間にいては冷えると隼が言ったのだが、聞こうともしない。

花ことと太郎兵衛の向かいの借店にいるのは、伝次郎と真夏と、鍋寅に隼に半六、そして、太郎兵衛の六人。花の借店には、木刀を持たされた八十郎が、手足の骨を叩き折ってくれると手薬煉《てぐすね》引いて、賊の到来を待っている。

染葉と卯之助らは木戸門脇の大家の家にいた。息を潜《ひそ》め、木戸の軋《きし》みを聞き逃すまいと構えているのだろう。

更に四半刻が経った。

ひたひたと地を走る湿った音がした。ひとり、ふたりと数えていた染葉が、指を四本立てた。音が止んだ。木戸の閂《かんぬき》を外から開けている。何か硬い物を木戸の隙間に差し込み、持ち上げながら押し開けているらしい。

濃厚な人の気配が路地を抜けた。

四つの影が、花の借店の前で止まった。ひとりが閂を開けるのに使った曲尺《かねじゃく》のように先の曲がった細い鉄の棒を腰高障子と戸柱の間に入れ、捩じった。心張棒が外れた。影はゆるゆると鉄の棒を下げ、心張棒を土間に寝かせた。見ていた影のひとりが戸口の前に進み出て、腰高障子をそっと横に引いた。

ひとつの影を表に残し、三つの影が戸口の中に消えた。

みしり、と畳が鳴って間もなく、堅い物を打ち付ける音に続いて人が相次いで倒れる音がし、借店の中が静まり返った。

どうした？　返事をしろ。婆あは、ひとりじゃなかったのかよ？

外にいた見張り役が、戸口から首を入れ、中の様子を窺《うかが》った。

奥で人が動き、火打石と火打金を打ち合わせている。手許で火花が散った。仄《ほの》明《あ》かりにおぼろげな顔が浮かんだ。婆あじゃねえ。咽喉の奥から込み上げてくるものを飲み込み、足を引き、逃げ出そうとして、暗がりの中にずらりと並んでいる者らに気付いた。八丁堀の同心風体の者もいれば、御用聞き風体の者もいる。

前の借店の戸が開いているのが見えた。

それだけではない。木戸の方から来る捕方の姿もあった。

畜生、罠だったのか。

膝を突いた影を見て、御用聞き風体の者が、こいつは、と言った。

「菱田鴻鵠んところの弟子ですぜ」

「こっちはどうだ？」

借店から、次々に三人の者が放り出された。駒吉と宗太郎がいた。

「染葉、頼むぜ」

「承知した」

染葉が命ずる前に隼と半六が借店に入り、南町の御用提灯《ごようちょうちん》に火を灯《とも》して飛び出して来た。

「急げ」

提灯がこし屋橋のたもとに掲げられ、大きく円を描くように振られた。賊を捕らえた。《池田屋》の者がいた。《池田屋》を調べ、動かぬ証《あかし》を見付け出せ、という合図である。

提灯の灯《ひ》が次々に送られ、一ノ橋《いちのはし》に着いた。それを見て取った当番方同心が、天文屋敷で待つ当番方与力と新治郎に知らせた。

「《池田屋》を囲め。中の探索は、二ツ森、任せたぞ」当番方与力が、声を上擦《うわず》らせた。

「心得ました」

天文屋敷の門が開き、御用提灯を掲げた捕方が走り出て、《池田屋》を取り囲んだ。

「誰ひとり逃がすではないぞ」捕方に堅く言い置いて、新治郎が《池田屋》の潜り戸を拳で叩いた。「御用改めである。戸を開けよ」

静かであったお店の中から、右に左に走り回る足音が聞こえてきた。

「直ちに開けぬと、力ずくで入るが、それでもよいか」

潜り戸が開いた。新治郎と捕方数名が土間に雪崩《なだ》れ込んだ。

「何の騒ぎでしょうか」善兵衛が、膝を揃えて見世に座った。

「申し聞かせる前に、店の者を集めよ」

「ここにいる者だけで、ございますが」

善兵衛を含め、五人いた。

「他の者は、どこにいる？」

「遊びにでも出ているのでございましょう」

「阿部川町にか」

「何の話か、さっぱり分かりませんが」

「しらばっくれていられるのも、今のうちだ」新治郎が善兵衛を睨んで言った。

「其の方どもには押し込みの嫌疑がある。役儀により、家中の品を改める。掛かれ」

揚げ戸が引き上げられ、捕方が店に入り、各所に散った。騒ぎ立てようとする店の者に、善兵衛が言った。

「やましいことは何もしていないのです。慌てるのではありませんよ」

「いい覚悟だ」

「何をお探しか存じませんが、お役人様こそ、何も出て来なかった時は、どうしてくださるのですか」

善兵衛の背が笑い声とともに小さく波打ち、店の者どもの声が重なった。

二階から降りて来た捕方のひとりが、新治郎に首を横に振って見せた。

善兵衛の顔に、笑みが浮かんでいる。

「あったか」

新治郎が振り向くと、伝次郎と染葉がいた。

新治郎は、ふたりを外に連れ出すと、未だに見付かりません、必ずあるはずですので、今暫《しば》し探してみます。拳を固めて見せた。

「そうだ」と伝次郎が、新治郎と染葉に言った。「こいつはぬかったかもしれねえぜ」

「ないと言うのか」染葉が訊いた。

「ここには、な」

「まさか」新治郎と染葉が同時に言った。

「俺は関って女の寮に行く。染葉、お前は鴻鵠の家に行ってくれるか」

「任せろ」

「知らせるまで、探し続けるんだぜ。花を襲ったのは、店の者が勝手にやったこと、とか言い逃れしようとするだろうが、耳を貸すなよ」

新治郎に言い、伝次郎は卯之助と太吉に案内させ、捕方三人とともに夜道を走った。鴻鵠の家には、染葉が鍋寅らと捕方三人を率いて向かった。

川風が横っ面を張り飛ばしていく。

「畜生」と伝次郎が怒鳴った。「今何刻だ？」

「八ツ（午前二時）くらいだと」

「こんな刻限に出たこと、あるか」

久しくござんせん、と卯之助と太吉が答えた。捕方の三人にも訊いた。それぞれが、初めてのことだ、とか、夜九ツ（午前零時）はある、とか大声で話しながら駆けているうちに、花川戸町を越え、今戸町を過ぎ、橋場町に着いた。

「面倒くせえ。玄関を蹴破るからな」

「大旦那、そりゃ無茶ってもんで。まだ悪さの証はねえんですから」

「しくじれば、辞めるだけの話だ。止めても聞かねえよ」

「ならば、足をくじくといけやせん。あっしが蹴破りやすので、見ていておくんなさい」

卯之助が足を振り上げた。女の悲鳴が上がり、老爺が出刃を持って飛び掛かって来た。

探し物は直ぐに見付かった。軸は床の間に掛けられており、寝煙草《ねたばこ》を好むのか、女の枕許の煙草盆の上に銀の煙管があった。

「何でえ、何でえ、まっさらのを買えばいいじゃねえか。どのみち他人様《ひとさま》の金だろうによ」

言われた関が、鼻先でふん、と笑い、横取りしたのを使うから、楽しいんじゃないかい。

「何も分かってないんだね」

卯之助と太吉が、新治郎に知らせるため、来た道を鉄砲玉のように走るのを見送りながら、伝次郎は捕方に言った。

「俺たちは、ゆっくりと行くぜ。もう走れねえからな」

六

三月二十日。

善兵衛の一味が捕縛されて三日が経った。

《池田屋》から善兵衛を含めて七人、柳原岩井町から菱田鴻鵠以下弟子ふたりで計三人、寮から関と老爺の作蔵のふたり、新たに見付かった橋本町《はしもとちょう》の塒から三人の総計十五人という大捕物となった。作蔵も、十二年前の《讃岐屋》の一件の時には押し込みに加わっていた者であった。行方知れずとなっていた大工の弁三は、一味に捕らわれ、口封じのために殺害されていた。弁三の遺骸は、寮の裏手に埋められていた。

ともあれ、永尋事件として書棚に収められていた十二年前の《讃岐屋》と六年前の《小川屋》押し込みの一件の調書は、改めて例繰方の手に回され、めでたく一括《ひとくく》りの調書として納められた。

「そうとなりゃ、こりゃ飲まねえって訳には？」鍋寅が伝次郎の顔色を窺った。

「腰を抜かすまで飲むか」

「そう来なくちゃ旦那じゃねえや」

鍋の材料は近と真夏と隼が求め、酒は鍋寅と半六が引き受け、夕刻に鍋寅の家である《寅屋《とらや》》に集まることにした。

「俺は、《鮫《さめ》ノ井《い》》の卵焼きでも持って行くか」

鍋寅の好物であった。鍋寅に言わせると、卵のとき具合、出汁《だし》と酒の混ぜ具合、それに焼き具合の三つが絶妙なのだそうだ。

夕七ツ（午後四時）。

詰所に立ち寄った正次郎を加え、染葉と八十郎と河野とともに《鮫ノ井》で卵焼きを求めて《寅屋》に向かった。

「若旦那もご一緒とは、嬉しゅうござんすね」

鍋寅が酒もまだ飲んでいないのに、半分酔ったような顔をして言った。

それだけ年を取ったということなのだろう、と正次郎は思った。

ふたりとも若いつもりでいるようだが、やはり年は隠せないものだ。本当のところは、相当疲れているのだろう。たまには、肩でも揉《も》んでやらねばな。

うん、うん、と頷いていると、伝次郎の声が飛んで来た。

「三日前の蒲鉾《かまぼこ》みてえに、しにゃしにゃしてねえで、手伝わねえか」

「はい？」

「お前は、何にも手伝わなかったのに、祝いの席に招《よ》ばれたんだ。お運びくらいするのが当たり前だろうが」

「はい」と答えながら、私は間違っていた、と正次郎は心の中で呟いた。まだまだ先達《せんだつ》には、労わりなど必要ないのだ。

台所に入ると、近と隼がくりくりと立ち働き、皿に魚の切り身と菜を盛り付けていた。手持無沙汰《てもちぶさた》にふたりの仕事を見ていた真夏が、何か御用ですか、と正次郎に訊いた。

「先達に言われたので……」

「若旦那はよろしいですよ」近が言った。「後でたくさん召し上がってくださるのが、一番のお手伝いでございますよ」

「正次郎様、そちらに蒲鉾がございますから、お腹がお空《す》きでしたらどうぞ」隼が言った。

「蒲鉾ですか」

「お嫌いですか」

三日前の、と言われたばかりだとは言えない。いただきます。空腹に沁《し》みた。

「美味しいですか」

隼が手を止めて見ている。

「美味いです」

「ようございました」

近が、蒲鉾屋の名を挙げ、腕を上げたね、職人が代わったのかもしれない、などと話している。

真夏の指が伸び、一切れ摘《つま》み、すっと戻り、蒲鉾が口に消えた。美味かったのだろう、頷いている。

仕度が整った。

出汁を張った鍋がふたつ用意され、それぞれに白身の魚と豆腐と菜が入れられた。これをおろし醬油で食べるのである。

鍋が煮立つのを待ちながら、卵焼きと蒲鉾を肴に酒が始まった。

「しかし、何ですね」と鍋寅が、言った。「盗った物を、随分と永く持っていたもんでございやすね」

「欲だな」と伝次郎が応じた。「見付けた。ほしい。手に入れたら、今度は捨てられねえ。善人は欲張らねえんだよ」

「浅ましい欲が、身を滅ぼしたんだな。欲を掻くのではないぞ」染葉が蒲鉾をひょいと口に入れた。

「あっしは無欲の寅でございやすから、どうかご心配なく」

鍋寅は卵焼きの大皿に箸を伸ばし、うめえ、と洟《はな》を啜り上げた。

「お先に、と言えないのは、すなわち我欲の顕《あら》われだぞ」

「どうぞ、お先に」

鍋寅が言うや、伝次郎の箸がすごい速さで、卵焼きを捉えた。

「旦那だって、あっしと似たようなもんじゃありやせんか」

「欲ってのはな、張れるうちが花なのよ」

「言うことが違うじゃねえですか」

「いいんだ。心正しき者は欲を張ってもな」

「油断も隙もねえんだからな、旦那は」

鍋寅が卵焼きの大皿を手許に引き寄せた。

鍋から湯気が立ち上った。それぞれが取り皿に大根おろしを入れ、醬油を差した。

「どうぞ、お先に」鍋寅が具を継ぎ足そうと身構えながら言った。

染葉が、河野が、八十郎父子が、そして伝次郎と隼と半六が、あの時は、この時は、身振り手振りを交えて話し、笑い、飲んで食べた。

どこかで、同じ光景を見たことがある、と正次郎は思った。いつだったのか。考えながら豆腐を取り、魚を摘み、大根おろしを足し、醬油を垂《た》らした。

隼が、この汁に浸《つ》けると美味しいから、と正次郎の取り皿に卵焼きを入れてくれた。食べた。

「ね？」隼が訊いた。

「こりゃ美味いな」

「でしょ？」

隼が卵焼きに箸を伸ばそうとすると、鍋寅が皿を遠ざけている。

半六が、倉吉がこき使われて泣いていたね、と隼に言った。あの顔は面白かった、とふたりで脇腹を抱えている。

あの時か――。

永尋掛りとして、一番手柄を立てた後の酒宴の時だ。捕物の話をしている皆を見て、何がそんなに面白いのか、と思ったのだ。まだ、ほんの一年前のことではないか。

「若旦那」横に鍋寅がいた。「どうです？　捕物ってのは、いいもんでしょ？」

心の動きを見透かされているような気が一瞬したが、鍋寅に探るような表情はなかった。てらてらとした顔で、世間話のように訊いている。

はい、と答えている自分をくすぐったく感じながら頷いた。

「そいつは、ようございやした」

鍋寅が卵焼きの皿を抱えて、離れて行った。

それから、どれくらい経ったのだろうか、遠くから声が聞こえて来た。

「河野の旦那も、染葉の旦那も無欲です。仰しゃる通りです……」

鍋寅の声だった。

「ですがね、見ておくんなさい。若旦那が一番無欲なんじゃありやせんか」

いかん。身体の奥深いところで目が覚めた。満腹になり、また寝てしまったのだ。起きなければ、何を言われるか分かったものではない。だが、遅かった。へん、という伝次郎の酔った声がした。

「こいつはな、まだ苦労が沁みてねえだけだ」

伝次郎の声に被《かぶ》って、隼の笑う声が聞こえた。鈴を転がしているようだ。起きなくてもいい、と思った。起きるのは面倒だった。俺だって、今日一日、古い書類の整理をさせられていたんだ。働いたのだ。

障子窓を開けたのか、冷たい風が心地よく届いてきた。

「旦那」と鍋寅が言った。「遅いですね。まだ月が見えやせんぜ」

「今夜は更待月だ。待っていれば、そのうち出て来る。焦るこたぁねえ」

「へい、待ちやす。こうなりゃとことん待ちます」

鍋寅が大きなくしゃみをひとつした。

第二話　晦日鍋《みそかなべ》

一

三月三十日。昼四ツ（午前十時）。

南町奉行所に設けられた永尋《ながたずね》掛《がか》りの詰所である。

伝次郎と河野は小部屋から永尋の控帳を取り出し、文机《ふづくえ》の上に並べ、目を付けた事件の概要を読んでいる。見回りに行く前に、ちょいと、と読み始めたのだが、止められなくなっていたのだ。染葉は、熱海から戻って来た稲荷橋の角次を伴い、朝から市中に出ており、八十郎と真夏は、ふたりの傍《かたわ》らで、河野が編んだ市中の闇を牛耳《ぎゆうじ》る元締らの一覧を見ていた。時折、此奴《こやつ》はまだ生きているのか、と声に出し、どのような悪さをしていたのか、真夏に説いている。記憶の隅々まで鮮明な口調だった。

やはり、根は定廻《じょうまわ》りなのよ。伝次郎は、控帳に目を落としていたが、二度、三度と聞き入ってしまった。それは、河野も同様らしい。話に釣《つ》られ、目を上げると、同じように目を上げている河野がいた。

鍋寅は框《かまち》に腰掛け、湯飲みを両の掌《てのひら》で包み、茶を飲んでいる。背の曲がり具合が、年を感じさせた。

隼と半六が戻って来た。

「ご苦労だったな。どうだった？」

鍋寅の背筋が急に伸びた。

朝の六ツ半（午前七時）に本郷《ほんごう》の菊坂台町《きくざかだいまち》に寮を構えていた鍋寅旧知の草履《ぞうり》問屋《吉田屋《よしだや》》の隠居から、昨日寮番とともに外出している間に泥棒に入られたという知らせを受け、隼と半六が下見に行ったのだ。本来ならば、鍋寅が行かなければならなかったのだが、今朝は、かつて手下だった堀留町の卯之助に乞《こ》われて明け六ツ（午前六時）から浅草まで出張っていて、半刻（約一時間）前に詰所に来たところだった。

「家の中が、こっぴどく荒らされておりやした」

しかし、金子を三両盗《と》られただけで、亡くなった内儀《ないぎ》の形見である珊瑚《さんご》の簪《かんざし》や鼈甲《べっこう》の櫛《くし》などには手が付けられていなかった。

「窩主買《けいずがい》を調べられたら、と考えたんでしょうか」

「金子だけか。三両とは、あの隠居の持ち金にしては少ねえな」鍋寅が言った。

「隠していた金には気付かれなかったとかで」

「隠し金の在り処《ありか》は、誰が知っているんだ？」

「後を継いだ倅《せがれ》も次男も、家の者は皆知っていると申しておりやしたが」

「そこには、幾らあったんだ？」

「三十両です」

「あの隠居なら、それっくらいは手許《てもと》に置いておくだろうな」鍋寅は湯飲みで隼を指すと訊《き》いた。「周りも当たったか。妙なのがうろついていたかどうか」

「そのような者を見掛けた者はおりやせんでした」

「本郷と言えば、友蔵《ともぞう》親分の縄張りだ。一応挨拶《あいさつ》はして来ただろうな？」

「……いいえ」隼と半六が目を見合わせた。

「何年御用に働いているんでぇ、気を回さねえかい」

「相済みません」

「寝惚《ねぼ》けるのは寝起きの時だけにしろ。起きている時まで寝惚けるな」

鍋寅はこれ見よがしに舌打ちすると、おめえ、と言って半六に言った。

「早く切り上げ、あの茶屋に寄って、脂下《やにさ》がっていた訳じゃあるめえな」

「…………」

半六が顔を歪《ゆが》めた。半泣きになっている。

「何だ？　おめえ、その面《つら》は」

「爺《じい》ちゃん」隼が言った。

「爺ちゃんじゃねえ、親分だ」

「親分、実は」

隼の言うところによると、半六は密《ひそ》かに焦《こ》がれていた茶屋女に袖《そで》にされたところだったらしい。

「どこの茶屋だ？」

伝次郎が這《は》うようにして鍋寅の脇《わき》に来て訊いた。

「旦那がお気になさるような話じゃござんせんので」

「そうはゆくかい。可愛《かわい》い半六兄《あに》ぃが袖にされて、黙ってられるか」

「湯島天神《ゆしまてんじん》の門前にある、水茶屋の《白《しら》うめ》でございやす」隼が言った。

「何か気に障《さわ》ることでも言ったのか」

「いつも二十四文しか置かないから下の客だ、とか言われたそうで」

茶の代金に決まりはない。少なくとも十六文以上は払うが、百文置く者もいれば、二百文の者もいた。茶代が違うからと応対が変わる訳ではない。先ず滝《ま》し茶が出て、尚《なお》も居続けていると二杯目に桜湯が出るという仕組みであった。

「茶屋の女に誠があるか、馬鹿が」

「そう頭ごなしに言うものではない」伝次郎が鍋寅に言った。「これから、寮に行くんだろ？」

「よろしいでござんしょうか。顔を出してやらねえと、いけやせんので」

「だったら、誰か鍋寅と一緒に行って、序《ついで》にその女を見て来てくれねえかな」

伝次郎は深川に、河野は芝《しば》に行かなければならなかった。誰かと言っても、八十郎と真夏しかいない。八十郎が、目だけをくい、と上げ、伝次郎と半六を見た。

「あの……」と半六の足が内股《うちまた》になった。「見ていただける程の者ではございませんので」

「と申しておるぞ」

「父上、お供いたしましょう」真夏が言った。「半六さんの好みが分かるのです。これは、永尋掛りの仲間として必要なことです」

「俺は、どうも、惚《ほ》れた、腫《は》れた、は好みではないのだ」

「和の心、でございますよ」

「その女子《おなご》の名は？」八十郎が半六に訊いた。

「お花《はな》、です……」

花島太郎兵衛の女名と同じである。八十郎の手が止まり、河野が吹いた。

「我慢ならぬ」と八十郎が、声を咽喉《のど》から絞《しぼ》り出すようにして言った。「俺は今日まで言わぬように努めてきたが、武士たる者が女の姿をするなど以《もっ》ての外《ほか》であろう。武士は武士らしく、毅然《きぜん》としておらねばならぬものだ」

「でしたら、私はどうなるのです？」真夏が言った。「女だてらに、男の身形《みなり》をして剣の道に入っておりますが」

「お前は別だ。俺の娘だからな」

「無茶苦茶だとは、お思いになりませぬか」

「俺が無茶苦茶なのは、今に始まったことではない」

「まあ」

「花島は同心としての腕は買う。体術の腕も買う。だがな、容認出来ることと出来ぬことがあるのだ」

「半分買っているのなら、お人嫌いな父上としては、極上ではございませんか」

ぐぐっ、と八十郎が言葉に詰まっている。

「鍋寅殿、喜んでお供させていただきましょう」

「あの、一ノ瀬の旦那は？」

「行かぬとは、聞いておりませんが」

八十郎が真夏を見、皆を見た。伝次郎は目を合わせぬようにして髷《まげ》を手で撫《な》でている。

「へい」ひょいと立ち上がった鍋寅が、隼と半六に言った。「二ツ森の旦那のお供はおめえらに任せたぞ」

「俺も後で寮の話が聞きてえな。どうだい？　今日は晦日《みそか》だ。鍋寅んところで、また鍋《なべ》でも囲むか」

「晦日鍋、よろしゅうございますね」

鍋寅が一ノ瀬父子と河野を見た。皆が頷《うなず》いている。

「よしっ、今夜は軍鶏《しゃも》鍋だ。隼、深川の帰りに鳥屋に寄るぞ」

「八百屋《やおや》は私が寄りましょうか」近が奥から出て来て言った。「河野様は？」

「頼もうか」

「旦那は牛蒡《ごぼう》さえあればよろしゅうございますね。

「葱《ねぎ》を頼もうかな」

「真夏様は？」隼が訊いた。

「餅《もち》を入れてはいけませんか」

「構わねえよ」伝次郎が言った。「俺も食いてえ」

「一ノ瀬の旦那は、よろしいですか。何かご注文がございましたら、お伺いいたしやすが」

「焼き豆腐。それと麩《ふ》があれば文句は言わぬ」

隼が近を見た。

「承知いたしました」近が言った。

伝次郎が近に銭を渡しながら、刻限までここにいて、染葉と正次郎が戻って来たら鍋だと教えてやってくれ、と頼んでいる。太郎兵衛には俺が知らせる。鍋寅が隼と半六を呼んだ。

「早く、短く、そして詳しくお話しするんだぜ」

真夏の後ろから八十郎が聞き耳を立てた。

湯島天神の参道は行き交う人で溢《あふ》れ、その人波を当てにした水茶屋も軒《のき》を連ねていた。水茶屋《白うめ》は、それらの中でも器量よしの茶屋女がいるとかで、人気を集めていた。

八十郎の仏頂面は茶屋には似合わなかったが、それを補《おぎな》ってあまりあるのが真夏の凛《りん》とした若衆姿であった。茶屋の前を通る娘らが伏し目がちに見て行った。

三人は緋毛氈《ひもうせん》の敷かれた腰掛けに座り、茶を頼んだ。鍋寅が花を探そうとすると、八十郎が、「あれではないか」とひとりの女を目で指した。髱《たぼ》に軽く手を当てた女が、客の問いに含み笑いで答えている。

「どうしてお分かりで？」

「半六がほの字になるのだから見目がすこぶるよい者で、其《そ》の方が頭ごなしに叱るのだから、性根の悪そうな者。と言うと、あの女しかおらぬではないか」

「こりゃ参りやした」

「父上も反対なのですね。性根が悪いと仰《おっ》しゃるところを見ると」

「うむ。いかんな。あれは、いかん」

どんなに心がささくれ立った者でも、行李《こうり》の底を叩《はた》けば、なけなしの純な心ってものがほんの一かけらでも、ぽろりと落ちるものだ。ところが、あの者にはそれすらない。八十郎が茶を飲み、苦そうな顔をした。真夏が小さな笑い声を立てた。

「一目見ただけで、分かるものなのですか」

「鶴《つる》と鷺《さぎ》は違う。見れば分かろう」

真夏が、横目で八十郎を見て、茶を飲んだ。

「何だ？」

「二ツ森の先達《せんだつ》に、物言いが似てきました」

「いかんな」八十郎が空咳《からせき》をした。「俺も焼きが回ったか」

「父上は、本当に同心だったのですか」

「何ゆえ、そのようなことを訊く？」

「いつもは、二ツ森の先達とはまったく違いますので」

「彼奴《あやつ》は昔からあのままだ。直《す》ぐ駆《か》け出してな。さあ、参りましょう。さあ、こちらです。うるさくて敵《かな》わなかった」

「でも、よいお方です」

「うむ、否《いな》みはせぬ」

三人で百文の茶代を置き、菊坂台町に向かった。北西に九町（約九百八十メートル）の距離である。鍋寅が顎《あご》を出す間もなく着いた。

菊坂台町は、加賀前田《かがまえだ》家の上屋敷と本多美濃守《ほんだみののかみ》の下屋敷と寺社に囲まれた高台の土地で、菊作りで知られていた。鍋寅旧知の隠居は、名を楓庵《ふうあん》と言った。去年の暮れ、倅に代を譲って隠居するまでは、市右衛門《いちえもん》と名乗り、神田多町《たちょう》の草履問屋《吉田屋》の主《あるじ》として、店や同業の者に睨《にら》みを利かせていた。その楓庵が、店を出て菊坂台町に住もうと思い立ったのは、いれば商《あきな》いに口出ししてしまう己《おのれ》を知っていたからだった。それは倅が頼りないということではなかった。倅は厳しく仕込んだつもりだし、またそれに応《こた》えて倅も仕事をよく覚えてくれた。文句の付けようのない商人《あきんど》になったと思ったから、代を譲ったのである。店の者も、それをよく理解してくれていた。だが、それと口出しするのは別の問題だった。お店をここまで大きくしたのは自分だという思いが、商いに口を出させようとするのだ。

「先代は」と鍋寅が言った。「それが分かっていなさるから、寮の出物に飛び付いたんだそうです。こちらに住むようになったのでご挨拶に伺った時に、思い切りやしたね、と言ったら、そう答えておられやした」

言い終えると鍋寅は、網代戸《あじろど》の木戸門を押し開け、玄関口から奥へと声を掛けた。待つ間もなく寮番の九平《くへい》が現れた。声で鍋寅と分かったのだろう、九平の顔が安堵《あんど》の色に染まっている。

「話は聞いた。大変だったな。大旦那はいなさるかい？」

九平の返事より先に、楓庵が廊下を駆けるようにして飛び出して来た。一頻《ひとしき》りの話の後、楓庵が八十郎と若衆姿の真夏に目を留め、鍋寅に尋ねるような眼差《まなざ》しを向けた。鍋寅が、先ず八十郎の名を告げた。

「これは、これは、お見それいたしました。一ノ瀬様でございましたか。ご挨拶させていただくのは初めてでございますが、以前定廻りをされていた時に何度かお見掛けいたしました。今は再出仕なされていると伺い、心強く思っておりましたところでございます。今日はわざわざ手前のために、ありがとう存じます」

深々と下げた頭を起こすと、真夏を見て、こちらは、と鍋寅に尋ねた。

「一ノ瀬様のお嬢様です。剣の腕は折り紙付きで、御奉行様が是非にと乞われて永尋に加わっていただいているお方で」

ほおっ、と楓庵は声を発すると、身を引いて、上がって調べてくれるようにと言った。

奥の座敷にいた倅の当代・市右衛門が、低頭して待ち受けていた。市右衛門は八十郎と真夏に、迎えに出なかった非礼を詫《わ》びると、鍋寅に膝《ひざ》を擦《す》り寄せて言った。

「親分さんからも、父にここで暮らすのは危ない、お店に帰るよう、お口添えをお願いいたします」

困っている鍋寅に、詳しい話を聞こうか、と八十郎が言った。

「留守の間に入られたそうだが、昼八ツ（午後二時）くらいから一刻（約二時間）程出ていたのに間違いはないか」

「はい、根津権現《ねづごんげん》まで。歩かないと足が萎《な》えると医者に言われましたので、九平を連れて出掛けました」

「いつもか？」

「白山《はくさん》権現のこともございます」

「ここを出る刻限は？」

「昼餉《ひる》を摂《と》る時は昼前の時もありますが、大概は九ツ半（午後一時）頃でしょうか」

「と言うことは、いつもより出は遅くなったのだな」

「それが、何か」

「いいや。出て行く時に誰かに見られたとか」

「いいえ」

「どうして直ぐに知らせなかった？」

「丁度倅が訪ねて参りまして、これから夜になる。明日一番で届け出ればよい。今夜はお店へ、と言うものですから、そのようにいたしました」

何か用があったのか。市右衛門に訊いた。

「父の好物の菓子が届きましたので、手代の者に届けさせようかと思ったのですが、序でに様子を見てみようかと」

ほう、大店《おおだな》の隠居の好物と言うと？　楓庵に尋ねた。

「佐内町《さないちょう》にございます《松葉屋《まつばや》》の落雁《らくがん》でございます。干飯《ほしいい》を粉に碾《ひ》いて炒《い》った塩梅《あんばい》と甘さが、手前の好みでございまして、それを知っている者が届けてくれたのです。ありがたいことではございませんか」

「《松葉屋》には《松籟《しょうらい》》という銘菓があったたな」

伝次郎の好物であった。そんな女子供が喜ぶような甘ったるいものは食うな、と言って喧嘩《けんか》になったことを思い出した。

「よくご存じで」

「あれは好かぬのか」

「餡《あん》を黒糖で練《ね》っておりまして、手前には少し甘みがきついのでございます」

「あのようなものは、濃い味付けを好むものが食すのであろうな」

「そのように存じます」

「よい舌を持っているようだな」

「恐れ入りますでございます」

真夏と鍋寅が目を見合わせているのに気付き、八十郎は話を戻した。

「訪ねて来たら、泥棒が入っていた。驚いたであろう？」市右衛門に訊いた。

「恥ずかしながら、青くなりましてございます」

雨戸は締めたのか。楓庵に訊いた。

「いいえ、面倒なので、これまでも昼の間は閉めたりはいたしませんでした」

「不用心であったことは、間違いないようだな」

「それは重々承知いたしております。そこで、今更何でございますが、僅《わず》か三両のことでございます。お届けはいたしますが、これ以上はあまり騒ぎになりませんようお願い申し上げます」

「でも、お父っつあん、怪我《けが》をしなかったからよかったものの、怪我でもしたら大変だったのですよ」

　市右衛門が、膝を詰めている。どうやら、何かを訴えようとする時の癖であるらしい。

「家の周りを見せてもらおうか」

　楓庵が九平を呼び、ご案内を、と命じた。八十郎と真夏は、鍋寅と九平とともに家をぐるりと見て回った。泥棒は庭先からか、玄関からか、いずれにしろ堂々と入ったものと思われた。座敷に戻り、見た通りのことを話すと、市右衛門が、

「今夜はいかがいたしましょう？」と八十郎に訊いた。「ここで寝泊まりしても大丈夫でございましょうか」

「一度入ったところだ。続けては入るまい。戸締りを厳重にすればよいだろう」

「左様《さよう》でございますか」市右衛門ががっかりとした表情を見せた。

　寮を辞し、加賀前田家上屋敷の土塀沿いに湯島天神の方へと歩いていると、

「この辺りに土地勘のある空き巣を、根こそぎ当たるしかねえようですね」

　鍋寅に応えて真夏が言った。

「根付などを盗んでくれれば証《あかし》を突き付けることが出来ますが、金子となると証が大変でしょう。いかがいたします？」

八十郎はふたりの問いには答えず、黙々と歩みを重ね、昌平橋《しょうへいばし》を渡り鍋町に差し掛かったところで、ようやく口を開いた。

「寄り道をするので、先に帰っていてくれ」

「どちらに？」真夏が訊いたが、

「近くだ」と答えただけだった。

二

《寅屋》の引き戸を開けると、華やいだ声が溢れていた。軍鶏鍋の用意が進められているのだ。

「お帰りなさい」

菜を載せた大皿を手にした真夏が言った。台所から出て来たところだった。

「ご苦労様でした」

座敷の者たちが口を揃《そろ》えた。

うむ。八十郎は居心地がよ過ぎることに慣れ始めている己を見出《みいだ》し、口を閉ざした。

「隠居の件と茶屋女の件、聞きました。女の方は、心を持ち合わせておらぬ、と言われたそうですね」伝次郎が楽しそうに言った。

半六が雨に打たれた仔犬《こいぬ》のような顔をして、伝次郎と八十郎を見ている。

「あれは、駄目だ。女はもっと素直なのがよいぞ」

「いいんですよ。あっしは決めました」

「何を決めたんだ？」伝次郎が訊いた。

「富籤《とみくじ》を当てて、小判の力で振り向かせて見せます」

「当てたいもんだね」と花こと太郎兵衛が言った。

深川での用を済ませた足で、伝次郎らが鍋だ、と知らせたのだ。

「当てたら何に使おうかね？」

「あっしなら、死ぬまで毎日《鮫ノ井》の卵焼きを食いやすね」鍋寅が言った。

「隼さんは？」真夏が訊いた。

「墓を立派なのにしたいです。婆《ばあ》ちゃんも、お父っつあんもおっ母さんも喜ぶだろうし」

「父上、いかがですか」

「埒《らち》も無い」

八十郎の答えはにべもなかった。真夏が取り繕《つくろ》うように口を開いた。

「私は、道場を建てたいですね。隼さんや正次郎さんが通えるような」

歓声を上げた後、隼が正次郎に訊いた。

「取り敢《あ》えず、美味《うま》いものを鱈腹《たらふく》食べるかな」

まあ。隼は頭を左右に振ると、河野に訊いた。

「児孫《じそん》のために美田を買わず。私が楽しむために使うだろうよ」

「俺は古文書を買いたい」染葉が言った。

「呉服屋を買い取ってやろうかね」太郎兵衛が言った。

「旦那は、どうなんです?」鍋寅が伝次郎に訊いた。

「年を取るとな、何かほしいという我欲がなくなるんだな。枯《か》れたのよ。そうさなあ、ほしいものはないから、小判を並べて一枚ずつ磨《みが》くか」

何かあるかい? 伝次郎が盆を手に聞いていた近に声を掛けた。

「私は皆さんとこうしていられるだけで幸せなんです。もし当たったら、ひもじい思いをしている人たちにお握りのひとつ、蕎麦《そば》の一杯ずつでも配りたいですね」

「聞いたか、正次郎。美味いものを鱈腹などと言いおって。恥ずかしくないのか」

「先達だって、小判を磨くって」正次郎が口を尖《とが》らせた。

「そうか」月代《さかやき》を指先で掻《か》いた伝次郎が、富籤と言えば、と染葉に言った。「思い出すな」

「十三年前の一件か」

「食いながらでいい、話してやってくれねえか。若いのにはためになるだろう」

隼と半六が、何か、と目を輝かせている。伝次郎に睨まれ、正次郎が染葉に頭を下げた。

鍋に出汁《だし》が張られ、軍鶏肉と臓物が焼き豆腐などと共に入れられた。めいめいに椀が配られると、伝次郎が染葉に話すよう促《うなが》した。

「十三年前の三月九日。本所回向院《えこういん》の富籤だ」

染葉が講釈師のような顔をして話し始めた。

突役《つきやく》が錐《きり》で富札を突く。読役《よみやく》が当たり札の番号を読み上げる。書役《かきやく》が番号を大きく書いて貼《は》り出す。次々に当たり札の番号が読み上げられ、百番目になる。突《つき》留《どめ》だ。

――松の八百九十八番。

いないか、いないか。その時、駆け付けて来た男が、前に行き、書役の書いた番号を凝《じ》っと見て、大声を上げた。

――当たったのか。

――どれが当たったんだ? 百両か、五十両か、三十両か。

――まさか一両で、あそこまで騒がないよな。

居合わせた者たちが固唾《かたず》を呑《の》んで見ていると、くるりと向きを変え、本堂を飛び出して帰ってしまった。知らせにか、それとも家に戻って富籤を確認するためか、とにかく皆呆気《あっけ》に取られてしまった。男は、そのまま帰って来ない。

――ありゃ何だったんだろうね。

富籤の支払い期限は次の興行日までだが、普通は翌日か翌々日には支払いを受けに来る。

――あたしゃ、あの人が幾ら当てたか、こちらに詰めて見定めますよ。

と、ひとりが言えば、

――ああたひとりに面白いところを持っていかれて堪《たま》りますか。あたしも詰めますよ。

と、外れている者同士が息巻いていた翌日、大声を張り上げて帰っちまった男の死体が見付かった。

「殺されたんでやすか」隼が、取り箸《ばし》を宙に浮かせたまま訊いた。

「そうだ。男は、米沢町の《金助店《きんすけだな》》に住む七五三吉《しめきち》。前夜のうちに殺されたものでな、借店《かりだな》の中はひどい荒らされようであった。しかし、何ゆえ殺されたのかが分からず難渋していると、七五三吉の飲み友達で左官屋の喜助《きすけ》なる男が訪ねて来た。そいつは、七五三吉が富籤開札の日に寺に行き、一芝居打って驚かしてやるんだと言っていたので、確かめに来た、と言うのだ。早速回向院の者を呼ぶと、大声を上げて帰った者に間違いない、と言うではないか。ここに至り、殺された因が分かった。当たりもしない籤を当たったと見せ掛けたがために殺されたのだ。家探しされた跡がある訳も分かった。ところがだ、それだけ家探しされているのに、長屋の奴らときたら、向かいの按摩《あんま》と夜鷹は稼ぎに出ちまっているし、隣の夫婦は大酒かっ食らって、物音に気付かずに寝ていたんだな。役に立たぬ者どもでな」

「一芝居打つって、何でそんなことしたんでしょう?」半六が、誰ともなしに訊いた。

「ただ世間を驚かせたい、騒がせたい、それだけだろうな」

「するってえと、そんなこととは露《つゆ》知らず、殺した奴はあるはずのない富籤を探したって訳で」

「そうなるな」

染葉が半六に答えている間に鍋が煮上がった。伝次郎と鍋寅に河野が加わり、鍋のものを椀に受け、吹き冷ましながら食べ始めた。うめえ、とか、あちっ、とか騒いでいる。正次郎と半六は鍋に気を奪われ掛けていたが、隼には迷いなどなかった。

「殺した張本は、捕らえられたんでやすか」

「逃げて行く男の顔を見た者がいた。七五三吉の隣の借店の申吉《しんきち》だ。眠っていた貞松《さだまつ》とお絹《きぬ》夫婦とは逆の方の隣人だな。ありがてえことに、この煙草《たばこ》売り、早々と寝ていたんだが、しつこく煩《うるさ》い。何をしていやがるんでぇ、と首だけ外に出して様子を見たら、男が帰るところだったそうだ」

「それなら探せやすね」

「と、我々も思った。が、簡単には行かなかった。隣の者が何と言ったと思う？」

染葉が、隼と、鍋を振り捨てた正次郎と半六に言った。

「猫のような顔の男だった、と言ったのだ」

「猫、でやすか」

「でも猫面の者なら見付かったでしょ？」

「それが、いそうでいないんだな。間抜けな殺され方をしたとしても、調べなければならない。それぞれが思い当たるところを回った」

話したそうにしている鍋寅に、代われ、と染葉が言った。後は任せる。

鍋寅は頷くと、口を開いた。

「その時、俺は二ツ森の旦那に言ったんだ。『江戸は広い。犬に似たの、鼠《ねずみ》に似たの、猿に似たの、なんてのは一杯いる。その中から猫に似た男を探すなんて、こりゃ無理だ』とね」

鍋寅は椀の汁を啜《すす》ると、そしたら、と言って続けた。

「旦那がひどく難しい顔をして、『悪には二種類いる。冬になると地べたの下に潜《もぐ》る奴と、冬でもちょろちょろする奴だ。潜る奴も、必ずいつかは出て来る。探せ』。こちとら、出来が素直だから、いいこと言われたような気になって江戸の町に飛び出したんだが、何てこたぁねえ、要するに必ずうろちょろするから歩けってことなんだな」

「与太《よた》はいいから、続きを話せ」伝次郎が鍋寅を促した。

染葉が膝を送って鍋に近付き、軍鶏肉を摘《つま》み上げた。正次郎と半六の目が、染葉の箸先に食い付いている。

「食べながら聞け。隼もな」

伝次郎が、軍鶏肉と牛蒡などを鍋に入れ足しながら言った。正次郎と半六に負けじ、と隼が箸を伸ばしている。真夏が隼の椀に軍鶏肉を入れた。隼が頭を下げながら口を動かした。

「食え、食え」

若いもんの腹には半生《はんなま》だろうと関係ねえ、食え。右手で勧め、左手で鍋寅を促した。話を進めろ。

「でな、芝居小屋の近くを通った時に、『ご存じ猫娘』の看板を見付けたのよ」

「娘、でやすか」半六が訊いた。

「いや、娘がいるってことは、男もいるかもしれませんよ」

「若旦那、あっしもそう思ったんでやすよ。早速小屋主に訊きやした。猫娘でなく、猫魔小僧はいねえのかってね。いました。面《つら》っ付きが、どう見ても猫って野郎だという話なんですよ。ところが、そいつは江戸を嫌って品川《しながわ》にいる。それってんで、旦那と品川に駆けやした。その頃の旦那は、まだ走れやしたからね」

伝次郎が箸を止め、鍋寅を睨んだ。鍋寅は首を竦《すく》めると、正次郎に聞かせるように話し出した。

「野郎は直ぐに見付かりやしたが、何と御年七十五の爺さんでした。その昔、江戸でしくじったとかで、江戸の土は踏めないんだと言っておりやした」

「そしたら太郎兵衛が、猫の目鬘《めかずら》を付けていたんじゃねえかって言い出したんだよな」

「そうだったかねえ」

太郎兵衛が、科《しな》を作って八十郎を見た。八十郎は素知らぬ振りをして、箸を使っている。

「猫の目鬘と言えば、橋本町だ。分かるか」

伝次郎が、正次郎と隼と半六に訊いた。三人が戸惑っている。

「近頃は見掛けねえが、橋本町には両国猫小院《ねこういん》にゃんまみ陀仏《だぶつ》と言ってお布施《ふせ》をもらいに来る門付けがいたんだ」

伝次郎が両の手を拳《こぶし》に握って軽く前に突き出し、猫の真似《まね》をした。

「回向院の名を騙《かた》った猫小院が殺しの張本なら、話に落ちが付くってもんでがしょ」鍋寅が、早口になった。「目鬘とは気が付かなかったってんで、あそこに詳しい御用聞きに案内させて、行ったのよ……」

隼と半六が首を伸ばした。

「前に猫名人ってのがいたようなんだが、女が出来ていなくなっちまってやがった。詳しく訊くと、背丈とか年回りが違ってた」

「猫名人以外には？」隼が伝次郎に訊いた。

「それらしいのはいなかった。考えてみたら、橋本町の奴が猫の目鬘を付けて殺しはしねえよな。直ぐに足が付いちまうしな」

「それで、捕まったんですか」正次郎が伝次郎に訊いた。

「染葉の旦那が、捕らえてくれた」

「どこにいやがったんです？」

「もう話に出ていたぞ」染葉が言った。

正次郎と隼と半六は顔を見合わせると、話の頭から順に洗い出している。

「あっ」と叫んで半六が、分かりやした、と胸を反らせた。「七五三吉が芝居を打ったか見に来た男。喜助でしょう？」

隼が透《す》かさず首を横に振った。

「殺したもんなら、わざわざ現れねえよ。知らなかった、で済むんだから。正次郎様、どうです？」

「そうだろうな。と言って猫小院と猫名人を外すと、借店の隣人ってことになるが。そうか、隣人なら出来ないことはないか」

「どっち、です？」

「そりゃ、猫面の男を見た方でしょう。片方は寝ていたんですから」

「その寝ていたのが嘘《うそ》だとすると、くさいのは寝ていた夫婦ってことになりやす。あっしは、貞松夫婦に賭《か》けやす。旦那、どうでしょう？」

染葉が伝次郎を見た。伝次郎は箸を止めると、両方だ、と言った。

「染葉は考えた。七五三吉の借店の散らかり具合から見て、いかに酔っていたとは言え、物音を聞いていないのは変ではないか。そんなに静かに家探しをするのは無理だ、とな。それと同時に、俺たち皆が、猫のような男を探しているのを見、たったひとりの話だけで、探す方向がひとつになっているのに危ないものを感じたのだな。おい、待て、と俺たちを呼んで、隣の者どもを疑ってみないか、と言い出したんだ。七五三吉が殺されて一年くらい経《た》った頃だ」

「私たちは猫のような男が現れるか、捕らえられるのを待つ気でいたから驚きました」

河野が、焼き豆腐と汁をたっぷりと吸い込んだ麩を取りながら言った。八十郎が河野の箸の動きを見て、麩を手前に掻き寄せている。真夏が近に笑って見せた。

伝次郎はお構いなしに話し始めた。

「一年後、長屋に行くと、申吉も貞松と絹の夫婦も引っ越していた。《金助店》の者に怪《あや》しまれないようにと思ったのか、次の引っ越し先を教えたが、揃ってまた引っ越して、そこからは足取りが途絶えちまった。だが、江戸は広いようで狭い。手を尽くして調べていると、三月程で分かった。すると、どうだ。申吉の奴は、酔って堀に落ち、死んでいた」

「殺されたんでやすね?」隼が箸先を嚙《か》みながら言った。

正次郎は箸の先など嚙んだことがなかった。どのような味がするものか、前歯でちょいと嚙んでみた。美味くもなければ、面白くもなかったので、止めた。

「違うんだな、それが。煙草売りの仲間と大酒を食らい、大騒ぎして帰る途中、橋の上でふざけ合い、落ちて溺《おぼ》れ死んだって話だ」

「では、申吉が七五三吉殺しに関わりがあるかどうか、分からなくなってしまったのですか」

「心配するな。それは取っ捕まえた貞松と絹の口から三人で殺《や》ったと分かった。経緯《いきさつ》を話すとな。七五三吉を追って、回向院から急ぎ長屋に戻った申吉が、『少し貸してくれ』と七五三吉に頼んだ。『ありゃ嘘だ』。『信じられるかよ』。言い争う声を貞松と絹が聞いて間に入った。そこで富籤を当てたと知り、欲が出たんだな。男ふたりが組み敷いている間に絹が家探ししようとすると騒ぎそうになったので、思わず口を塞いでいると、七五三吉が死んでしまった。ならば山分けしようってんで探したが、なかったという訳だ」

「どうやって貞松らの口を割ったのです？　証はなかったでしょ」正次郎が訊いた。

「ない時は、吐くように仕向ければいいだけのことだ」

「何をやったんです？」

「鍋寅も卯之助も顔を知られていたので、染葉んとこの角次らを使って芝居させたのよ」

貞松の行く酒屋を調べ、そこに網を張った。貞松が来る。後から入り、横に座る。

——金がほしい。

——富籤でも買うんだな。

——富籤はだめだ。

——当たらねえからか。

——恨みがあるのよ。

——何だ、そいつは。

——一年半程前のことだ。たったひとりの弟が、富籤に当たったと吹いた法螺《ほら》が元で殺されたんだ。

——…………。

——俺は必ず恨《うら》みを晴らすぜ。

——殺《や》るのか。

──それも惨《むご》くな。生きたまま埋めるくらいのことをしなければ、俺の気が収まらねえ。そうだろう？

角次と手下が散々怯《おび》えさせたところで、夜逃げしようとした貞松と絹を待ち伏せた。案の定、夜の夜中に大風呂敷担いで出て来やがった。

──どこに行く？

──……ちょいとそこまで。

──おや、これは久しいな。《金助店》にいた貞松と絹じゃねえか。丁度よかった。実は、お前らを探していたんだ。

ここでもう歯の根も合わなくなっていたんだが、止めを刺してやった。

──つい先頃取っ捕まえた泥棒がな、あの夜、お前らと申吉が七五三吉の借店から出て来るのを見た、と言っているんだが、どうなんだ？

ってな。ふたりとも腰から崩れ落ちやがったが、しぶといもんだな。申吉が死んでいるのを知ってやがったので、すべての罪をなすり付けようとしやがった。だけど、そんな与太が通るもんじゃねえ。結局はさっき言ったように、三人で殺ったと吐いた。

伝次郎が正次郎と隼と半六にもっと食べるよう勧め、鍋近くに寄って来た三人に、人というのは難しい生き物でな、と言った。

「本当のことを話す者もいれば、平気で嘘を吐《つ》く者もいる。本人は本当のことを話しているつもりでも、間違えて話す場合もあるだろうし、相手のことを思い、わざと間違えて話す場合もあるだろう。悪意のない嘘だな。では、すべての者が心に思ったことを嘘偽《いつわ》りなく、そのまま口にする。これなら問題ないかと言うと、聞き取り方によっては違う意味に受け取られることもある。言葉って奴は生き物だから、口から出た途端に形を変えちまうこともあるんだな。俺たちの務めは、聞き込みで成り立っている。話を聞く。それをどこまで信じ、どこから疑うか、その呼吸を摑《つか》めれば、汗水垂《た》らして歩き回らずに済むことも多いんだがな。せいぜい耳を鍛《きた》えることだとしか、言いようがねえな。分かったら、隼、半六、明日もう一度隠居んところへ行って、話を聞いて来い」

「もう、いいだろう」と八十郎が、染葉の酌を受けながら言った。「寮の件は、あの倅の仕業《しわざ》だ。寮番がいるとは言え、ひとりで暮らさせるのは危なかろうと、まあ親孝行のつもりでしたことだろう。泥棒ならば、金目の簪や櫛を見逃すはずはないからな。猫面の男が初めからいなかったのと同じだ」

「信じられません」半六が目を瞬《またた》かせた。

「倅が到来物だ、と持って来た《松葉屋》の落雁。倅が言い付けたのだろう。《吉田屋》の番頭が買っていた。先程行って訊いた。間違いない」

「そうなんでやすか」隼が伝次郎に訊いた。

「伝次郎は、そうと気付いたから、この話をさせたんだ」染葉が言った。「せっかちな癖に、持って回ったことをする。面倒な男よ」

伝次郎が、聞こえぬ振りをして笹搔《ささが》きの牛蒡を摘んでいる。

「明日、お店に行くが、付いて来るか」八十郎が隼と半六に言った。「親孝行だ。罪に問う気はないが、役目は役目だ。ちいと油を絞ってやらぬとな」

隼と半六が、顔を見合わせてから声を重ねた。

「お供いたしやす」

第三話　桜湯

一

四月一日。明け六ツ（午前六時）。

今日から南町は非番となったが、一日は諸大名の江戸城総登城の日でもあった。月番非番にかかわらず、両奉行所の与力同心は市中警護の名目で駆《か》り出されていた。しかし、永尋掛《ながたずねがか》りには声が掛からなかった。永尋掛りは、南町奉行・坂部肥後守が発案し、支配である老中の許しと北町奉行の同意の許《もと》に活動を認められているが、正規の掛りではない。遠慮の意味合いがあった。だが、単なる遠慮とは言い切れなかった。花島太郎兵衛と一ノ瀬八十郎が月代《さかやき》を剃《そ》っていないことも、その一因であった。

出仕した者は、月代を剃る。それが武家の決まりであったのだが、太郎兵衛は女髷《おんなまげ》が結えぬからと受け容《い》れず、八十郎も、「剃れば伸びる。剃らなければ、伸びたのが分からぬ。面倒は嫌いだ」と言って通してしまったのだ。年番方の百井亀右衛門は苦り切った顔をしたそうだが、彼奴《あやつ》は昔から苦虫を嚙《か》み潰《つぶ》したような顔だから気にしないことにした。伝次郎も染葉らも、何も言わない以上、何もこちらから言う必要はないだろう。

八十郎は、敷布団《しきぶとん》を畳《たた》み、搔巻《かいまき》を載せ、枕屛風《まくらびょうぶ》で囲うと、寝ていた時に着ていた肌着を脱いだ。《寅屋》で寝起きをしている真夏が用意してくれていた着物に着替える。四月一日は衣替えの日でもあった。今日から五月四日までは袷《あわせ》を着るのである。着物など単衣《ひとえ》だろうが、袷だろうが、どうでもよかったが、季節の移ろいを身に着けるもので感じるところに、ささやかな喜びがあった。そのような喜びとは縁のないところで生きようとして、江戸を去ったはずだったのだが。

桶《おけ》に房楊枝《ふさようじ》と、房州砂《ぼうしゅうずな》に丁子《ちょうじ》と薄荷《はっか》を混ぜた歯磨きの粉を入れ、手拭《てぬぐい》を肩に、長屋の井戸に向かった。

鍋寅が世話してくれた長屋であった。《寅屋》の程近くにあり、正式な呼び名は大家の名を冠した《小兵衛店《こへえだな》》であったが、数年前の一時、甘酒《あまざけ》売りがふたりも軒《のき》を並べていたことから、《甘酒長屋》と呼ばれるようになっていた。中身は、ごくありふれた割り長屋である。木戸を通り、路地を抜けると、左右向かい合わせに、計十軒の借店《かりだな》が並んでおり、住まいしている者は、仕立屋と組紐屋《くみひもや》の居職《いじょく》が二軒の他は、左官に大工などの出職《でしょく》の者であったが、ここが他の長屋と決定的に違うことは、再出仕の者とは言え、町奉行所の同心が住まいしていることだった。即《すなわ》ち、八十郎がいることであった。

大家や相長屋の者らが鼻高々に話すので、噂《うわさ》はかなり広まっていた。真夏が仮《か》寓《ぐう》している《寅屋》には、そのような評判が立たないことから、己も《寅屋》へ行くかとも考えたが、父子《おやこ》で仮寓するのも気が引けるので、なるべく目立たぬようにして長屋にいることにしていた。

井戸端にいた大工の女房が振り向き、威勢のいい声で朝の挨拶《あいさつ》を掛けてきた。その声に合わせ、二軒の腰高障子《こしだかしょうじ》が開き、朝の言葉が相次いだ。八十郎は、挨拶を返し、急いで歯を磨き、顔を洗った。東の空から陽光が斜めに走っている。ゆっくりと見上げていたかったが、房楊枝と手拭を桶に入れ、借店に戻った。

「いい声だったたねぇ」左官屋の女房の声だった。

「お日様が昇れば、米の飯に困らないからね。天気のいい日は浮き浮きしちまうのさ」

斜向《はすむ》かいの戸が開く音がし、重なっていたふたりの笑い声がふいに止《や》んだ。前《せん》栽《ざい》売りか、その女房が出て来たのだろう。前栽売りとは一、二種類の青物の担《い》売りのことで、女房は屑《くず》の菜を漬物にして、独り者に売り歩いていた。何が因《いん》なのかは聞きもしないので分からなかったが、ふたりとも長屋ではひどく嫌われていた。嫌われていると知りながら暮らすのは、苦労もあるだろうが、居直れば楽でもあった。それは、八十郎自身がよく知っていた。前に奉行所にいた頃は、まさに鼻つまみ者であった。

外が随分と明るんできた。その頃から、いつものことだが、顔を洗う者と惣後《そうこう》架《か》に行く者らの足音と話し声で、暫《しば》し長屋は賑《にぎ》わった。

八十郎は、土間から上がり、朝《あさ》餉をどうするかで思案していた。

昨日の夕《よ》餉《る》は軍鶏鍋《しやもなべ》を食し、酒を飲み、最後に雑炊にして丼飯《どんぶりめし》まで食べていた。伝次郎と鍋寅の孫らが、いかにも美味《うま》そうに丼に汁を掛け、二杯、三杯と食べているのを見て、一杯ならばと油断して食べてしまったのだ。あの近という女が、たんとお召し上がりくださいませ、とたっぷりと盛り付けたのを、多過ぎるとも言えず、平らげたのがいけなかったのか、少し胃が重たかった。

甲州街道《こうしゆうかいどう》の下高井戸《しもたかいど》で百姓相手に道場を構えていた時には、胃が重いなどということは、終《つい》ぞなかったことである。

弟子らが持ち寄った山のような量の菜を煮、大飯を食らい、大酒を飲んでも、
翌日には胃が重いなどということはなかった。何が変わったのだ。身体《からだ》が楽に慣れ、緩んだのか。

朝餉を抜き、湯だけ飲むことにした。

八十郎は甕《かめ》の水を鍋に移し、竈《かまど》に置き、火打ち箱を引き寄せた。火打ち金に火打ち石を打ち付け、火花を火口《ほくち》に落とす。口を窄《すぼ》めて、息をそっと吹き掛け、火を熾《おこ》し、付木《つけぎ》に移す。竈の底に置き、藁《わら》に燃し付け、小枝をくべる。火がちろちろと赤い舌を伸ばしてゆく。火が確かに付いたところで、少し太めの薪《まき》を足す。

煙が借店の中にわだかまり、棚引いている。八十郎は立ち上がり、紐を引いた。屋根に設けられている天窓が開き、煙の縞《しま》が崩れ、ゆるゆると昇っている。その天窓の縁《ふち》で薄茶色のものが揺れていた。病葉《わくらば》が風に飛ばされ、縁に引っ掛かっているのだと思われた。今にも落ちそうに震えている。

八十郎は太刀《たち》を取ると、膝《ひざ》を揃《そろ》えて座り、両の手を腿《もも》に置いた。

鍋の湯が沸《わ》き始めている。鍋と木蓋《きぶた》の隙間《すきま》から湯気が見える。湯気は鍋から離れると直《す》ぐに消えたが、温められた湯気は天窓に届いたらしい。病葉が浮いたかと見えた瞬間、ひらり、と舞った。

左手が刀に飛んだと同時に、右手が柄を摑《つか》んだ。刀が風を切り、ひゅうと鳴った時には、病葉はふたつになっていた。

八十郎は刀を鞘《さや》に納めると、ふたつになった病葉を火にくべた。湯が煮立っている。

鍋の湯を湯飲みに注いだ。微《かす》かに鍋の香が付いている。

蠅帳《はいちょう》を覗《のぞ》いた。何もない。あるのは、梅干しの壺《つぼ》と桜の花の塩漬けの壺だけだった。八十郎は桜の花の塩漬けの壺を手に取り、中のものを摘《つま》んで湯に落とした。

桜の香が立ちのぼってきた。一口啜《すす》り、ふうと息を吐いた。

蜆《しじみ》売りと納豆売りの声が、木戸の方から聞こえてきた。

「遅いじゃないかい？」

怒鳴り声を上げた左官屋の女房に、担い売りの者が言い訳をしている。

八十郎は桜湯をもう一杯飲むと、火が燃え尽きるのを待ち、今月の店賃一貫文を懐《ふところ》に借店を出た。木戸門脇《わき》にある大家の店に立ち寄り、一月程江戸を離れることを告げ、《寅屋》に向かった。

弟子に預けてある道場の様子を見に行く、と真夏の口から伝次郎らに伝えてもらわなければならない。正規の職務ではなくとも、出仕しているからには、許しもなく江戸を離れることは慎《つつし》まねばならぬことであったが、毎日行儀よく詰所に顔出ししている訳ではない。百井が、姿が見えぬようだが、などと言ったとしても、伝次郎が適当なことを言っておいてくれるだろう。あの男に任せておこう。

八十郎は、胃の辺りをさすった。桜湯が効いたのか、ばかにすっきりとしている。

端唄《はうた》でも口ずさみたいような気分だな、と思い、伝次郎が言いそうなことだと気付き、顔を顰《しか》めた。

二

その頃、伝次郎は離れで顔を洗い終え、朝餉を食しに母屋へと渡っていた。廊下に足を掛けた途端、鼻の奥がむず痒《がゆ》くなり、くしゃみをした。障子《しょうじ》がびりりと鳴る程の大きなくしゃみだった。

「お風邪《かぜ》ではございませんか」

どこかに隠れていたとしか思えないような素早さで、伊都が現れた。正次郎が拙《まず》いところに必ず出て来るのは、この母親の血だな、と思いつつ、いいや、と答えた。

「誰かが俺の悪口を言っているか、腹ん中で悪態を吐《つ》いているのだろうよ」

「こんな朝早くから、でございますか。そのようなお暇《ひま》な方はおられませんですよ」

台所に急ぐ伊都の背に、あかんべをして、座敷に入った。既に新治郎も正次郎も着座し、朝餉の仕度《したく》が整うのを待っていた。

待つ間もなく膳《ぜん》が運ばれて来た。小松菜のお浸《ひた》し、油揚げと牛蒡《ごぼう》と豆腐の煮物、葱《ねぎ》の味噌汁《みそしる》にご飯であった。飯椀《めしわん》を手に取ろうとして、伝次郎がまたくしゃみをした。

「やはり、お風邪ではございませんか。昨夜も帰りが遅うございましたし」伊都が言った。

「いいや、野獣郎《やじゆうろう》だな」

「一ノ瀬様に悪口を言われる覚えが、おありになるのですか」

「御奉行が是非にと乞《こ》われたので永尋に就くことになったのだが、要は俺の重石《おもし》役なのだ。そこに不満があるのかもしれぬぞ」

「重石、でございますか」

「父上が一番苦手としている方だと、御奉行はご存じなのだ」新治郎が言った。

「一ノ瀬様が、よくお受けになられましたね」

「こちらには真夏という人質がいるからな。あれでも人の親なのだ。心配で近くにいたいという気持ちもあるのであろうよ」

「まあ、お口の悪い」

と楽しそうに言った伊都に、正次郎が飯椀を差し出した。もう一膳目を食べてしまったのだ。噛んでいるのか、と言おうかとも思ったが、毎度のことなので止めた。

「でも」と伊都が、また蒸し返した。「本当に風邪だといけませんから、出仕の刻限を少し遅らせ、ごゆっくりとなされてはいかがでございますか」

「今日から非番の上、ありがたいことに、今日は四月一日。奉行所の中は閑散といたしております。もう一眠りなされても、罰《ばち》は当たらぬでしょう」新治郎が言葉を添えた。

「そうよなあ」伝次郎が、味噌汁を啜りながら呟《つぶや》いた。

「正次郎も何か言いなさい」伊都が言った。

「熱が出れば倒れますから、それまでは何を言っても無駄でしょう」

まあ、と伊都が口許《くちもと》に手を当てた。何ということを。躾《しつけ》が行き届きませんで。

伝次郎に詫《わ》びた。

「しかし、困ったことに、当たっていないこともない」新治郎が言った。

「本当のことを申しますと、私もそう思います」伊都が言った。

伝次郎は思わず笑いそうになるのを堪《こら》え、残りの飯を口中に入れ、飯椀を差し
出した。

「まだお召し上がりに？」

「正次郎を見ろ。三杯目を食べようとしているぞ」

伝次郎の言葉に合わせて、正次郎がお代わりをした。

「お年を考えられた方がよいですぞ」新治郎が言った。

「年か。忘れておったわ。では、茶でももらうか」

「桜湯などいかがですか。口がさっぱりいたしますよ」

「あのように色の付いてないのは、力《りき》が出ないのだ。煮染めたような濃い茶にしてくれ」

伊都の返事が、少し陰った。

「私は桜湯をもらおうか」新治郎が、箸《はし》を置きながら伝次郎に言った。「父上もお付き合いください」

「そうするか」

伊都をちら、と見てから伝次郎は、黙々と三杯目の飯を食べている正次郎に言った。

「お前も、飲め」

「私は何でもいただきます」

桜湯が来た。湯飲みの底で花弁が開き、仄《ほの》かな桜の香りを漂《ただよ》わせている。

「中々よいものだな。茶店で飲むのと、屋敷で飲むのとでは一味違うな」

伝次郎には、それが精一杯の世辞であった。

第四話　とても言えない

一

四月六日。

二ツ森正次郎は台所からの物音で目を覚ました。まだ外は暗い。明け六ツ（午前六時）前である。

ならばもう少し、と目を閉じた途端に眠ってしまったらしい。母の声で起こされた時には、明け六ツを大分過ぎていた。

歯を磨き、顔を洗うと、膳《ぜん》の仕度《したく》は整っていた。汁が来、飯が椀に盛られ、朝餉《あさ》が始まった。

祖父の伝次郎も父の新治郎も、仏頂面をして食べている。仕方なく正次郎も黙々と食べるのだが、箸《はし》の回転する速度が違う。瞬《またた》く間に一膳目を食べ終え、お代わりをもらう。伝次郎が、ちらりと見る。無視して、二膳目を大盛りにしてもらい、米の一粒も残さず食べ、箸を置く。

その頃には、髪結《かみゆい》が来、食事を終えた者から順に髷《まげ》を結い、月代《さかやき》を剃《そ》る。いつも新治郎が一番先で、結い上がると同時に、手先である堀留町の卯之助らを従え、湯屋を経て奉行所に出仕する。捕物騒ぎがない時は、判で押したように決まっていた。伝次郎と正次郎は、それから茶をずるりと一杯飲み、湯屋に寄ることもあれば、寄らずに済ますこともあるが、朝五ツ（午前八時）の出仕刻限に間に合うよう組屋敷を出る。祖父の手先である神田鍋町の寅吉と手下の隼と半六が一緒である。

新治郎とともに組屋敷を出れば、朝一番の真《ま》っ新《さら》の女湯に入れるのだが、伝次郎と一緒なら隼がいた。時には真夏もいる。双方を秤《はかり》に掛けると、今の正次郎には祖父に分があった。

「行くぞ」

伝次郎に急《せ》き立てられ、慌《あわ》てて表に飛び出し、先頭に立つ。本当は隼と並んで歩ける最後尾に付きたかったのだが、それでは腹を読まれるので、敢《あ》えて先頭に立って歩を進める。皆とは奉行所の大門を抜けた先で別れ、玄関から上がり、配属先の例繰方の同心詰所に入った。

正次郎ら本勤並の者には、これから同心の出仕刻限である朝五ツまでにすることがあった。先輩同心らの文机《ふづくえ》を拭《ふ》き清め、仕事に必要な品を揃《そろ》え、湯と火種《ひだね》をもらいに台所に行かなければならない。同じく例繰方に配された瀬田一太郎《せたいちたろう》と作業を分け合い、せかせかと動き回るのである。

台所には正次郎が行くことになった。

詰所に近い土間から露地に出る。露地は、奉行所の建物を半周取り巻くように延びている。露地を右に折れて表の方に行けば、途中に永尋掛《ながたずねがか》りの詰所があるのだが、左に進む。台所は作事小屋を過ぎた先の左手にあった。

台所に続く土間に入る。暗く、ひんやりとしている。声を掛けた。

「湯と火種をもらいに来ました」

奥から賄《まかな》い衆の袖《そで》が出て来た。袖は中間《ちゅうげん》の女房だったが、夫が見回りの供をしている時に卒中で倒れて亡くなってから、女衆として賄い場に入っていた。賄い衆は、女衆と力仕事をする男衆に分かれていた。

「召し上がりますか」鉄瓶《てつびん》を受け取りながら、袖が訊《き》いた。

握り飯を食べるか、と訊いたのである。女衆の主な仕事は、奉行所内の掃除、花活《い》け、そして宿直《とのい》の者の夕餉《よる》と朝餉《あさ》の仕度をすることであった。飯は、捕物出役《しゅつやく》に備え、いつでも炊《た》けていた。その余りを食べるか、と訊いたのである。

断る理由はどこにもなかった。一人前、塩握りふたつと沢庵《たくあん》三切れを平らげ、湯と火種をもらい、詰所に戻り、火鉢《ひばち》に埋《い》け、鉄瓶を載せた。

一太郎の手により、それぞれの文机に、作業箱と紙が置かれていた。作業箱の中には、墨、硯《すずり》、筆。鋏《はさみ》に糊《のり》に、針と糸。千枚通しなどが収められている。作業箱の用意はされているが、朝から作業に掛かり切りになるのは、見習と本勤並の者だけで、先輩同心らは手隙《てすき》の時に、気が向けば手伝う程度であった。

今は、見習はいない。正次郎と一太郎の本勤並のふたりが末席である。

ふたりは文机の前に座り、昨日の作業の続きを始めた。正次郎らに割り当てられているのは、『御仕置裁許帳《おしおきさいきょちょう》』の補修であった。処罰が克明に書き記されている先例集で、事件が起こる度に読まれるため、どれも傷みが激しかった。

破れたところは裏から当て紙を貼《は》り付け、文字が色褪《いろあ》せたところは四つ目綴《と》じの綴じ糸を切って解き、書き写した紙を差し替えるという作業をしなければならない。退屈な仕事だった。だが、この作業を先輩である染葉鋭之介《えいのすけ》などは、喜んで丁寧《ていねい》にやっているのである。

どこが面白いのですか、と訊きたくて、口の周りがうずうずするのだが、先輩同心である上、鋭之介の父親は永尋掛りの染葉忠右衛門である。どのように伝次郎らの耳に伝わるか、知れたものではない。我慢しなければならなかった。うう っ、と唸《うな》って、補修箇所を調べていると、筆頭同心の真壁仁左衛門《まかべにざえもん》と同心らが出仕して来た。正次郎と一太郎は、挨拶《あいさつ》をし、茶を淹《い》れ、配った。

文机に戻り、『裁許帳』を繰《く》っていると、茶を零《こぼ》した跡があり、ひどく汚れていた。鋭之介に伺いを立てると書き直すようにと言われた。書き直した時は、罪状や町名、人名に写し間違いがないか、原本と照らし合わせ、先輩の承認を得てからでないと、差し替え出来ない。やれやれという思いが顔に出たのか、一太郎がにんまりと笑っている。小癪《こしやく》な、と内心歯噛《はが》みをしていると、一太郎の手許《てもと》かららひらりと紙片が落ちた。糊で貼り付けていた書き込みの半切れが、剝《は》がれて落ちたらしい。

「緊張するように」鋭之介が一太郎に注意を与えた。

正次郎は口を大きく開けて笑い顔を作り、一太郎に投げ付けてやった。

すると、それまで古参の同心らと話をしていた真壁が、では参るか、と鋭之介に声を掛けた。吟味方との打ち合わせに行くらしい。

これで昼近くまでは戻ってこない。助かったぜ。

心の動きを読まれたのか、真壁に名を呼ばれた。

「今日は日差しがよい。瀬田とふたりで蔵に行き、お調書《しらべがき》の虫干しをせい。並べたら、直ちに戻り、補修の続きを頼むぞ」

「心得ました」

一太郎の声に張りがあった。正直な奴めが。笑ってやりたかったが、自身も同じような声を出していたはずだった。

正次郎と一太郎は手早く文机の上のものを片付けた。

蔵には、古くなったお調書などの文書類が年毎《ごと》に纏《まと》めて仕舞われていた。年に一度、夏の土用の頃に大掛かりな虫干しをするのだが、こうして年に何度かよく晴れた日に虫干しをすることがあった。

鋭之介の父・忠右衛門が、時ならぬ虫干しは書物のためではなく、人のために行うものだと言っていたのを、ふと思い出した。とすると、真壁様にふざけ合っていた姿を見られていたことになる。

いかんな。自らの頭を一発叩いてやろうかと思ったが、気にしない、と決めた。蔵は奉行所の奥まったところにあるため、石段に座り、大口を開けて欠伸《あくび》をしていても誰にも見られない。そこに行け、と言うのである。ここは素直に好意に甘えるべきだろう。

蔵の鍵《かぎ》を手に、一太郎と土間から外に出た。

露地は、湯をもらいに出た時よりも日に溢《あふ》れていた。

早くも伸びをした正次郎が、目敏《めざと》く井戸端にいる近に気が付いた。永尋掛りの詰所の裏にある井戸で水を汲《く》んでいた。

「開けておいてくれ。直《す》ぐ行く」

鍵を一太郎に渡し、近に走り寄り、汲み上げた水を桶《おけ》に移した。

「ありがとう存じます」

「礼を言われるようなことではありませんよ」

「お腹は？」近が訊いた。

「動けぬ程減ってはいませんが」何かあるのか、尋ねた。

「筍《たけのこ》を炊き込んで、お握りにして持って来てくださった方がいらっしゃったんでございますよ」

伝次郎らが見回りの時に、酔った破落戸《ごろつき》に絡《から》まれていた出商《であきな》いの変わり飯屋を助けたことがあった。その礼にと、届けてくれたのだった。

「成程《なるほど》」

到来の経緯は分かったが、朝餉の後、握り飯を既に二個食べている。腹は減っていなかった。

「皆さんは？」

「夕刻、お戻りになられたらいただく、と仰《おっ》しゃっていました」

「ならば、私もそういたします。皆さんより先にいただいては、礼を失するというものですから」

「承知いたしました。でも、数に限りがございますが」近が、探るように正次郎を見た。

「では、直ぐ参ります」

「はい」近が大きく頷《うなず》いた。

蔵まで走ると、一太郎が蔵の戸を開けているところだった。

「何かあったのか」一太郎が、永尋掛りの詰所の方を見て訊いた。

「悩みがあるのだそうだ。聞いてやらねばならん」

「ご苦労なことだな」

「後で、少し外させてくれ」

「分かった」

戸を開け放つと、黴《かび》と埃《ほこり》のにおいがした。

虫干し用の台と戸板を並べ、一番奥の棚から埃に埋まった文書類を抱え出した。

例繰方に配されて間もない頃に手伝ったことがあったので要領は分かっていたが、その時からまだそれ程の間は経《た》っていない。埃の溜《た》まる速度にふたりで仰天《ぎょうてん》しながら、奥の棚の文書の埃を払い、並べ終えた。

着物に付いた埃を叩《はた》き落としながら一太郎が言った。

「真壁様に、これが」と言って、小指を立てた。「いるの、知っているか」

「いるのか」

「見たんだよ。小梅村《こんめむら》に囲ってる」

祖父の使いで向島《むこうじま》に出掛けた時に見たらしい。

「さぞやきれいな方なのだろうな」

真壁の妻女は、組屋敷でも評判の美女だと聞いたことがあった。

「ところが、そうではないのだな。御新造の方が遥《はる》かに見端《みば》がよいのだ。妙な話だろ」

分からぬ、と言って一太郎が首を傾《かし》げた。

「胃もたれがせぬので、いっそ気楽なのかもしれぬぞ」

「どういうことだ？」

「早い話が、飯だ。家で毎度毎度、二の膳付きの飯を食っててみろ、偶《たまさか》には外で湯漬けを食らいたくなるだろうが」

「そういうものか」一太郎が訊いた。

「俺は二の膳付きで構わんがな」

「俺もだ」

しょうがない奴だな。正次郎は笑い声を立ててから、

「人の心は」と言った。「込み入っているからな。簡単には割り切れんよ」

「少し分かったぞ。正次郎が、悩みごとを相談される訳がな」

一太郎がひょいと顔を井戸の方に向けた。近がいた。

「お待ちかねだ」

「済まんな」

簡単に騙《だま》せる奴を騙すのは気が引けたが、筍は好物だった。好物の前には目を瞑《つぶ》るしかない。

しかし、そんな思いは立ちどころに忘れた。筍の握り飯は、極上に美味《うま》かった。

近の淹れてくれた茶を啜《すす》りながら、指に付いた飯粒を前歯でしごき取っていると、ひとり文机に向かってお調書を読んでいた河野が立ち上がり、窓障子《まどしょうじ》を開け、空を見上げた。

「申し訳ありません。騒がしかったですか」河野に訊いた。

「いや、そうではない。そう思わせたのなら、こちらが謝らねばならぬ。あまりに悲しい事件を読んだので、少し気が滅入ったのだ」

河野は近の淹れた茶を受け取ると、窓障子を閉め、文机の前に腰を下ろし、言った。

「我らの務めは、人の醜《みにく》いところをほじくり返して白日に晒《さら》すことにある。時折、堪《たま》らなくなることがある。そのような時は、空を見るのだ。今日のような青い空を、な。少しは気休めになるのでな」

河野は照れたように笑うと、再び正次郎らに背を向け、お調書を読み始めてしまった。

もうひとつ食べるか、という近の申し出を丁重に断り、正次郎は忍び足で詰所を出、蔵に戻った。一太郎が、ふやけた麩《ふ》のような顔をして、どうだった、と訊いた。

正次郎は並んで石段に腰を下ろすと、黙って空を見上げた。一太郎が、話せ、と言った。何を悩んでいたのだ？

「言えぬ。あまりに悲しい話なのでな、すっかり気が滅入ってしまった。俺は、そのような時は空を見るのだ。この青さが、少しは気休めになるからな……」

おくびが出そうになった。食べ過ぎだった。慌てて堪《こら》えた。

「正次郎」と一太郎が言った。「今日はばかに、老成しているように見えるぞ」

「そうかぁ」

思わず顔を綻《ほころ》ばせてしまったことに気付いた正次郎は、奥歯を噛み締め、同じだ、と答えた。

「いつもの俺と、少しも変わらん」

詰所に戻り、再び補修作業に入っていると、鋭之介が、

「そなたの爺様《じいさま》扱いの一件が出て来たが、読むか」

お調書を持ち上げている。

「よろしいのですか」

「構わぬが、早くな」

寛政二年（一七九〇）四月七日。本所相生町《あいおいちょう》三丁目《地蔵《じぞう》長屋》に住む元結《もっとい》職の亀吉《かめきち》三十五歳が、女房の浪《なみ》三十二歳を、腰紐《こしひも》で首を絞《し》めて殺した一件だった。

十六年前の明日である。

浪は二十一歳の時に産んで間もない子を病で死なせ、その頃から肺を病み、寝たり起きたりの暮らしを続けていた。病は一向に良くならず、それどころか、ここ数年は殆《ほとん》ど寝たきりであった。思いあまった浪が、いっそ楽にしてくれと亀吉に頼んだ。もう見てはいられない。意を決した亀吉が手に掛けたのが、夜半《やはん》過ぎのことだった。それから葬儀の手配などを大家宛《あて》の遺書に書き、包丁で死のうとしたが、どうしても死に切れない。済まない、必ず後を追うから、と文を残し、そのまま姿を晦《くら》ました。

大家に宛てた遺書も、お調書に収められていた。浪を亀吉の父と母と、幼くして亡くした子どもの墓に埋めてくれと書かれていた。墓は北割下水《きたわりげすい》に程近い光明寺《こうみようじ》にあった。葬儀代の入った巾着《きんちやく》が遺書とともに、浪の枕許《まくらもと》に置かれていたらしい。

一件は、朝になっても亀吉の姿が見えず、浪の咳《せ》き込む声も聞こえないから、と声を掛けた相長屋の者に発見されている。自身番経由で奉行所に人が走り、当時定廻《じようまわ》り同心であった伝次郎が逸早《いちはや》く駆《か》け付けた、とある。

伝次郎の動きも細かく書かれていた。

四宿を始めとする江戸の出入り口や立ち回りそうな箇所を虱潰《しらみつぶ》しに探したが、誰も姿を見たものはいなかった。大家及び相長屋の者八人と亀吉が働いていた元結の店の者ら五人に話を聞いたが、亀吉には浮いた噂《うわさ》などはひとつもなく、浪を大切に思う気持ちに嘘《うそ》はない、と計十三人の名と口書きを付けて結論を書き記していた。

「極悪非道の殺しの方が、罪を憎《にく》めるだけ楽であろうな」

「亀吉は生きているのでしょうか」

「どうであろう。十六年経っているからな」

「ありがとうございました」

鋭之介にお調書を返し、正次郎がまた『裁許帳』の綻びの補修の続きをしているうちに、夕七ツ（午後四時）の鐘が鳴った。

一太郎とふたりで全員の筆を洗い、硯を拭き、糊や鋏などを片付け、正次郎は永尋掛りの詰所に寄った。

鍋寅と隼と半六が、幸せの極みのような顔をして、筍の握り飯を食べていた。

伝次郎の姿を探していると、旦那ならおられやせんですよ、と鍋寅が言った。

「回るところがあるからと仰しゃって、途中で別れやした」

ならば鍋寅に亀吉の一件を尋ねようとしていると、河野が古いお調書を手にしながら、分かったぞ、と鍋寅らに声を掛けた。

「其奴《そやつ》が舟桶《ふなおけ》の直七《なおしち》だ。右腕のこの辺りに」と、河野が二の腕を叩いた。「賽子《さいころ》の刺青《いれずみ》があるはずだ。賽の目は、四と三。四三《しそう》の七だ」

「ありがとござんす。野郎の腕ぇ捩《ね》じり上げて調べて来やす」

「よし。俺も行こう」

慌ただしく鍋寅らが仕度をしている。隼と半六が食べ掛けの握り飯を口に頰張《ほおば》ると、茶で流し込んでいる。

見る間に仕度を整えた四人が、詰所を後にした。

「船宿の船頭が酔いにまかせて昔の悪事を話したとかで、お調べになっていたのでございます」近が湯飲みと盆を片付けながら言った。

「皆忙しそうなのに、帰るのは気が引けるな」

「それぞれのお務めですから、ご遠慮は無用でございますよ」

「近さんは、まだ帰らないのですか」

「皆さん、お戻りになられるでしょうから、もう少しおります」

明日は、一太郎に頼まれ非番を入れ替わったので、休みであったが、いつになったら皆が戻るのか分からない。帰ることにした。

「分かりました。では、お先に」

組屋敷に戻ると、母の伊都が台所から出て来て迎えた。

「今日は早かったのですね」

「人使いの荒いのばかりですから、帰れる時には帰ろうと思いまして」

「それでは夕餉《よる》の量を増やさなければなりませんね」

暮れ六ツ（午後六時）、新治郎の使いの中間が御用箱と、帰りが遅くなる由《よし》の言付けを携えて組屋敷に現れた。伝次郎が帰って来る気配もない。

母と向かい合わせで夕餉を済ませた。

私たちが飲んで騒いでいた時、母上はいつもおひとりで食されていたのですね。そのようなことを言ってみようかとも思ったが、伝次郎や鍋寅はこの際置くとしても、隼や真夏と鍋を囲むのは、母と向かい合うよりも楽しかった。

仕方のないことですな、と正次郎は自らの思いに頷いた。私は若く、明日に向かって生きているのですからな。

新治郎が宵五ツ（午後八時）過ぎに、伝次郎は五ツ半（午後九時）過ぎに戻った。

送って来た鍋寅らの声が木戸門から聞こえて来る。舟桶とか、目ん玉ひん剝《む》いてとか、大声を張り上げている。どうやらお縄に出来たらしい。

父と母が玄関に迎えに出ているので、正次郎も顔を出した。

「若旦那、捕まえやしたぜ」

鍋寅が、首根っこを押さえるような仕種《しぐさ》をした。

「それは河野様でしょ。親分は」

と隼が、蹴飛《けと》ばす真似《まね》をした。半六が囃《はや》し立てた。

「夜分ゆえ、あまり騒ぐでないぞ」

伝次郎が、年相応の落ち着きを見せたところで、鍋寅らが帰って行った。

二

四月七日。

正次郎は、身を持て余していた。朝餉を済ませるとやることがない。

久しぶりに『江戸大絵図』を覗《のぞ》いてみようかと広げてみたが、どうも気が乗らない。

それでも、組屋敷から大川の辺りへ目を遣《や》っていると、本所に行き着いた。

本所の光明寺か。

探すと、吾妻橋《あづまばし》を渡り、東南《たつみ》の方角にあった。

今日か。

亀吉が女房の浪を手に掛けた日である。正次郎は、絵図を置き、母の伊都を探した。台所にいた。

「母上」

声を掛けると、手の甲で額《ひたい》の汗を拭《ぬぐ》うようにして、何かと訊き返した。

「十六年前の今日亡くなったとすると、今年は何回忌になるのです?」

「どなたが亡くなられたのです?」

「いいえ。誰でもないのですが、数え方が分からないので」

「亡くなった翌年が三回忌ですから、十六年目と言うと十七回忌になりますね」

「十七回忌は、何かするものなのですか」

「普通は、親族が集まって仏事供養を行いますが」

「そうですか」

「御奉行所のどなたかのお父上様かお母上様が、それに当たられるのでしたら、はっきりと仰しゃい。知らなかったでは通りませんよ」

「そうではないのです」

「では、何でそのように尋ねるのです?」

正次郎は、お調書で読んだ通りのことを話した。気にも留めないであろうと思っていると、違った。まあ、と口を開け、暫《しばら》くしてから言った。

「お気の毒ではありませんか」

「……そうなのですが」

「誰もお墓を見てあげてはいないのでしょうね」

伊都の目に涙が溜まっている。

「多分……」

「お墓のあるところは分かっていますか」

「はい……」

嫌な予感がした。

「参りましょう」

伊都は、指の腹で涙を拭うと、何故か憤然《ふんぜん》と胸を反らすようにして言った。

「行くのですか。本所ですよ」

「そなたの父上やお爺様が十手《じって》をお預かりしているのは、ただ咎人《とがにん》を捕らえるためではありません。不幸に泣かれる方を救い、また無念のうちに亡くなられた方を供養するためでもあるのです。一掬《いっきく》の水を手向けて差し上げましょう。案内《あない》いたしなさい」

「分かりました……」

言いながら、襷《たすき》を解いている。

「帰りに、何か美味《おい》しいものをご馳走《ちそう》しますよ」

「行きましょう」

答えながら声の調子が上がってしまったことに気付き、正次郎は軽く咳をした。

組屋敷を出、永代橋《えいたいばし》まで歩き、そこで舟を雇い、本所竹町《たけちょう》の船着き場で降りた。

「場所は分かりますか」

「江戸にある大方の寺の場所は諳《そら》んじておりますので」

「実《まこと》ですか」

「将来の奉行所を背負《しょ》って立つ、若き俊敏なる同心の卵として当然です」

正次郎の物言いが余程面白かったのか、伊都は口に手を当てはしたものの、声を上げて笑い、次いで咳払いをした。

「黙って歩きなさい。私が軽薄に見られます。でも、帰りのご馳走は期待してもよろしいですよ」

間もなく光明寺に着いた。寺の近くで花と線香を買い求めた。

木立に囲まれた中に本堂があり、裏手に墓所が立ち並んでいた。庫裡《くり》に行き、十六年前に亡くなった浪の墓を訊くと、一瞬口籠《くちごも》った後、こちらです、と寺僧が先に立った。

墓は、小さな土饅頭《どまんじゆう》の上に子供の頭程の石が載っているものだった。

「誰か訪ねて来る方はいらっしゃらないのですか」伊都が訊いた。

「ございません」僧が答えた。

「恐れ入りますが、経を上げてはいただけませんでしょうか。私は」

伊都が南町奉行所定廻り同心の妻であり、正次郎が嫡男《ちやくなん》であることを明かした。

僧が短い経を上げた。伊都が手早く布施《ふせ》を懐紙に包んだ。僧は静かに一礼して、庫裡へと戻って行った。

雑草を抜き、花を竹筒に生け、ふたりで掌を合わせていると、もし、と声を掛ける者がいた。

年の頃は五十を過ぎた頃か。旅装ではあったが、お店の主《あるじ》を思わせる押し出しと品があった。

「つかぬことを伺いますが、こちらとは、どのようなご縁のお方なのでございましょうか」

「こちら……」

伊都が土饅頭を見て、何と申し上げたらよいのか、と首を傾げた。

「正次郎、お答えしなさい」

「縁は、ございません」

正次郎の答えは簡単明瞭だった。

「………」

「ないのですが、来ました」

「それはまた、どうしてでございましょう？」男が訊いた。

「亡くなられて十六年と聞きました。もしその間、誰も墓を詣《もう》でる人がいなかったとすると可哀想《かわいそう》だから、と来てみたのです。やはり荒れておりました。それで、掃除をさせていただいた。それだけのことです」

「他人なのに、ですか」

「はい」

「そんな……」

男は、涙で咽喉《のど》を詰まらせ、膝《ひざ》を突いた。

「どうしました？」

寄ろうとした正次郎の後ろから、そういうことだ、と聞き覚えのある声がした。

「分かったか、亀吉」

伝次郎と、その後ろに鍋寅と隼と半六がいた。

「亀……」

お調書に書かれていた、女房を殺して姿を晦ませた男の名である。正次郎は伊都を庇《かば》いながら身を引き、間合を空けた。

「待っていた。十六年は長かったぜ」

伝次郎の声が真っ直ぐに飛んだ。

「本当に長《なご》うございました」

「よく戻って来た、と褒《ほ》めてやるぜ」

「十六年ですからね。もう誰も覚えちゃいないだろう、と高を括《くく》っておりました」亀吉は立ち上がると膝を叩いた。「お待たせいたしました。死に切れず、おめおめと今日まで生き恥を晒してしまいました……」

「そうかい」

伝次郎が捕り縄を半六に渡した。

「お待ちください。お願いが、お願いがひとつございます」

亀吉が懐《ふところ》に手を入れた。

「妙な真似をするんじゃねえ」鍋寅が鋭い声を浴びせた。

「そうではございません。花火でございます。線香花火です」

「線香花火だぁ？」

鍋寅が声を上擦《うわず》らせ、伝次郎を見た。

亀吉が懐から油紙を取り出し、折り畳《たた》んでいたそれを開いた。線香花火の束が挟まれていた。亀吉が束から一本引き抜いた。

「これを浪に見せてやりたくて、はるばる江戸に戻って参りました。一本だけで結構です。点《つ》けさせてはいただけないでしょうか」

「お義父《とう》様」伊都が言った。

伝次郎は伊都を見ると、僅《わず》かに首を前に傾けた。

「お許しが出ました。お点けなさい。火種は？」

「ございます」

火種入れの蓋《ふた》を取り、線香花火の先を入れた。青い煙が立ち、花火に火が点いた。亀吉は土饅頭の前に屈《かが》むと、

「御新造様」と伊都に言った。「浪は、線香花火が好きでございました」

火花が盛大に弾《はじ》け始めた。

「これを、牡丹《ぼたん》と言います」

言われてみると、火花が牡丹の花のように艶《あで》やかに弾けている。次いで細く鋭い火花が四囲に飛んだ。昼の明かりの中でもはっきりと見て取れた。

「松葉《まつば》と言います」

火花が勢いを失い、流れるように弧を描いて落ちている。

「柳《やなぎ》、です」

火花が小さく、ちぱちぱと弾け、今にも落ちそうに火の玉が震えている。

「これを散《ち》り菊《ぎく》と申します。浪は、特にこの散り菊が好きでした。だから、私はてめえの作った線香花火で、これを見せてやりたくて……」

嗚咽《おえつ》とともに亀吉の手が震え、火の玉が落ち、地面に吸い込まれて消えた。

「体裁のいいことを言うんじゃねえ」伝次郎が言った。「俺は、三回忌、七回忌、十三回忌にも来た。だが、人が訪れた形跡《あと》は何もなかった。それが、どうして十六年目の今年、来たのか。てめえ、十七回忌までしつこく覚えている者はいねえだろうから、とさっき言ったよな。つまりは、てめえは命が惜しくて逃げ回っていたのよ」

「それでも、よいではありませんか」

伊都が言った。

「浪さんが、散り菊が好きであったのが本当のことであるように、散り菊を見せてやろうと思った亀吉さんの心に嘘偽《いつわ》りはないはずです。そこが本物なら、よいのではありませんか」

亀吉が地に伏した。背が波打っている。済まねえ、浪、済まねえ。亀吉の声が切れ切れに聞こえた。

伊都が亀吉の背に手を当て、握り締めている油紙に手を差し伸べた。

「お預かりいたします」

亀吉が、顔を起こし、呆《ほう》けたように伊都を見、伝次郎を見た。

「明年から私が、浪さんに点《とも》して差し上げます」

「よろしいんで……？」亀吉が伊都から伝次郎に目を移した。

「仕方ねえな」

「ありがとうございます」

「…………」

伝次郎が頭頂部に爪を立て、こりこりと掻《か》きながら、半六に立ち上がらせるように目で言った。

半六が亀吉の背をそっと叩いた。

その時になって、伝次郎が正次郎に訊いた。

「どこで、この一件を知った？」

鋭之介が絡んでいる以上、お調書をつぶさに読んでいたからだ、とも言えず、本当のことを話した。伝次郎は、そんなことだろうと思ったが、と言ってから、ぽつりと言い足した。

「お前にしちゃ、上出来だ」


帰りのご馳走は、なしになった。伊都が、何かを食べに寄る気分ではなくなったからだった。

正次郎は組屋敷まで付添い、それからも外出をせずに、大人しく屋敷にいた。

伝次郎に言われたのだろう、早めに帰宅した新治郎が、聞いたぞ、と伊都と正次郎に言った。

「墓に詣でた優しさは買うが、ことは人殺しの一件である。居直らぬとも限らぬゆえ、二度とせぬか、行く時は手先の者を伴うようにな」

伝次郎からの言葉は屋敷では特になかったが、翌日の出仕中に、帰りに永尋掛りの詰所に寄るように言われた。

例繰方の仕事を終え、詰所に顔を出すと、お前の口から伊都に話してやれ、と亀吉について話し始めた。

「江戸を出た後、死に切れず、あちこちを流れ歩き、三河《みかわ》で野垂《のた》れ死にしそうになったところを花火師に助けられたそうだ。名を変え、生国を偽り、身を置かせてもらった。線香花火を作ったら、それを見せに江戸に戻ろう。そう思って働いているうちに、一年が二年になり、いつの間にか、四十の半ばになってしまい、そこで、どうにも断り切れず嫁をもらった。子供も出来た。そして今年だ。折も折、十七回忌だからと、けじめを付けようと江戸に来た、と言っていた。花火を見せ、詫《わ》びたら、また三河に戻る気でいたらしい。これは、俺が吟味方から聞いた話だから間違いない」

「母に何と申しましょう？」

「本当のことを言うしかあるまい」

「大丈夫でしょうか」

「浪を思う気持ちは本物です、と鼻息荒く言うだろうよ」

「だと、よいのですが。嫁がいるとか、三河に戻るというところは割愛《かつあい》するとか」

「駄目だ。ひとつ嘘を吐《つ》くと、それを誤魔化《ごまか》すために別の嘘を吐かなければならなくなる。お前が言わぬのなら、俺が言うぞ」

「言います。私が、やんわりと言います……」

「だいたい考えてもみろ。浪への気持ちがそれ程までに純なものだと言うなら、三河に残された者たちはどうなるんだ？　立つ瀬がねえだろうが」

「まあ、そうですが」

「それが罪を犯すってことだ。悲しみが飛び火しちまうんだよ。そこんとこを、伊都にもそれとなく言っておけ」

「……努力はしてみます」

「それとな、亀吉の奴が、伊都によろしく伝えてくれ、と言っていたそうだ」

「伝えます。喜ぶでしょう」

「お前の母親だが」と伝次郎が声を潜《ひそ》めた。「いつもはどこか抜けたところがあるのだが、昨日は珍しくしゃっきりとしていた。あんな伊都を見たのは初めてだぞ」

「それも伝えます」

「言わんでよい。褒めると付け上がるところがあるからな」

「褒めましたか」

「褒めた、ではないか」

「そうとも思えませんが……」

話はここまでだが、よく本所まで行こうと思ったな。伝次郎が言った。

「それだけは、褒めてやる。これは、お前の分だ」

「それだけ、ですか」

「他に、あるか」

「いいえ。でも、先達《せんだつ》たちだけでなく、まさか亀吉まで現れるとは思いも寄りませんでした」

「それでやすよ」鍋寅が、するり、と寄って来て言った。「こいつら」と隼と半六を指し、「金輪際《こんりんざい》来ない、と言い張ってやしたからね。あっしもですが」

「私も来るとは思っていませんでした。ただ墓に詣でてやりたい。それだけでした」

「それが若旦那のよいところでさぁ」

鍋寅が拳《こぶし》で目尻を拭っている。

「おれは、正次郎様と御新造様が一所懸命お墓の掃除をしているのを見て、胸が熱くなりやした」

隼が目をきらきらと光らせながら言った。半六が、頷いている。

頰が火照《ほて》りそうになった。

「そんな大層なことはしてませんよ」

言えない。帰りのご馳走が目当てだったなどとは、とても言えない。笑って誤魔化した。

「どうする？」と伝次郎が訊いた。「俺たちは染葉と真夏が戻って来たら、どこかで飯を食って帰るつもりだが」

真夏は染葉の用心棒役で、朝から出掛けていた。

少し気持ちが動いたが、伊都へと思いが揺れた。

「昨日の今日ですから、組屋敷に戻り、母と一緒に夕餉を食べようかと思います」

「新治郎なら、さっき帰ったぞ」

「実《まこと》で？」

「帰る前に挨拶に来たのだから間違いない」

正次郎の秤の目盛がするすると位置を変えた。

「では、ご相伴を」

第五話　辻斬《つじぎ》り始末

一

四月十一日。夜四ツ（午後十時）。

柳原通りには人影がなかった。

夜鷹《よたか》の初《はつ》は、道の左右を見渡してから悪態を吐《つ》いた。嫌んなっちまうよ。楽しい夢を見させてあげようってのにさ。

まだ満月にはちいと早い月を見上げていると、俄《にわか》に尿意を催《もよお》してきた。

はいはい、分かりましたよ。ちょいと待っとくれ。自分に言い聞かせ、一月《ひとつき》前に焼け落ちた郡代《ぐんだい》屋敷脇《わき》の藪《やぶ》へ入ろうとして、人影があるのに気が付いた。木立を背にして腰を下ろしている。

「嫌ですよ。驚くじゃありませんか。見ないでくださいよ」

返事がない。

「何ですねえ。どうしたんです？　お遊びなら、少し待っておくんなさいね」

媚《こ》びながら人影に目を遣《や》った。腰に大小の刀を差しているところから武家であることは分かったが、何かが変だった。何が変なのかは直《す》ぐに分かった。人影には首がなかった。

初の悲鳴を聞き付けた富松町《とみまつちょう》の自身番の者が、夜の道を走りに走り、月番である北町奉行所に駆《か》け込んだ。

四月十二日。朝五ツ（午前八時）。

出仕した伝次郎らが大門の右脇の潜《くぐ》り戸から入り、永尋掛《ながたずねがか》りの詰所に行こうとすると、大門裏の御用聞きの控所にいた男が鍋寅を呼び止めた。

「鍋町の」

「これは、小泉町《こいずみちょう》の」

神田お玉《たま》が池《いけ》の向かい辺りを縄張りにしている勘吉《かんきち》という老御用聞きだった。

「先に行ってるぜ」

伝次郎らが永尋掛りの詰所で茶を飲んでいると、鍋寅がへこへこと息急《せ》き切って入って来るなり、

「大変でございます」

大声を上げた。

鍋寅が仕込んで来た話を繋《つな》ぎ合わせると、昨夜郡代屋敷の近くで、どこかの大名家の家臣が、首を斬《き》り落とされて殺されていたらしい。

「小泉町も、それ以上のことは知らねえとかでした」

伝次郎に染葉に河野、三人の顔が俄に引き締まった。またか。またあの辻《つじ》斬りが出たのか。

「どうも、そうらしいでやす」

「あれはどこにしまった？」

伝次郎が河野に訊《き》いた。河野が小部屋に入り、紙縒《こより》で綴《と》じられた控帳を持って来た。表紙には、『辻斬り　介錯人《かいしやくにん》』とだけ記されていた。

「何年、出ていなかった？」

「六年です」

「俺はてっきり死んだと思っていた。また動き出したとあっては、今度こそ何が

何でも引っ捕らえてくれようぜ」

「辻斬りなのですか」真夏が訊いた。

「執拗《しつよう》に首を狙《ねら》うので、読売が面白がって闇の介錯人などと呼びやがってな。読んでみてくれ」

真夏に控帳を手渡すと、隼と半六に、当番方を見張っているように命じた。

「合点《がってん》で」

北町と南町は毎日、前日受け付けた事件の概要を記した文書、俗に回覧《かいらん》と呼ぶものを取り交わすことになっていた。運ぶのは、新たな事件や訴訟を受け付ける月番の奉行所の役割である。つまり伝次郎は、北町の使いが当番方へ提出する回覧を覗《のぞ》こうとしているのであった。

真夏の両脇から染葉と河野が控帳を覗いている。控帳には、殺された刻限と場所、そして殺された者の住まいと名と傷の箇所が明記されていた。河野が大部になる文を簡略に纏《まと》めたのである。

寛政　五年（一七九三）　四月十八日　四ツ半（午後十一時）頃。

竜閑橋《りゅうかんばし》の東、白旗《しらはた》稲荷。

鎌倉町《かまくらちょう》の鍋釜《なべかま》問屋《佐野屋《さのや》》の手代・芳之助《よしのすけ》。三十一歳。左首筋に首の中程に達する刀傷あり。


十月二十一日　五ツ半（午後九時）前。

不忍池《しのばずのいけ》の畔《ほとり》の茅町。

善光寺前町《ぜんこうじまえちょう》《弥助《やすけ》長屋》に住む浪人・吉成光太郎《よしなりこうたろう》。五十九歳。腹と首筋に深い刀傷。

吉成の刀に斬り結んだ痕《あと》があることから、研ぎ師を当たったが、殺した者には行き着けず。


「この時は、まだ首を落としてはいねえんだ。狙ったが、斬り落とすには至らなかったと見るべきだろうな。この二件は、南町が月番だったので、俺が調べた。結局分からず、永尋に回した事件だ」

伝次郎が湯飲みで指しながら言った。

寛政　六年（一七九四）　事件なし。

寛政　七年（一七九五）。事件なし。

「俺は七年の大晦日《おおみそか》で新治郎に代を譲り、奉行所を離れた。六年、七年と辻斬りが出なかったことから、事件《こと》は終わったと思っていた。ところが、だ……」

寛政　八年（一七九六）

三月十三日　五ツ半（午後九時）頃。

入谷《いりや》の庚申堂《こうしんどう》前の林。

坂本裏町《さかもとうらちょう》《なめくじ長屋》に住む浪人・渡辺金之進《わたなべかねのしん》。五十歳。腹と肩を斬られ、首を落とされていた。

渡辺の剣の腕は相当なものであった由《よし》。首が斬り落とされた最初の事件であった。刀に数合斬り結んだ痕あり。

三月二十三日　前記の事件から十日の後、また首斬りが起こった。

宵五ツ（午後八時）頃。

馬喰町《ばくろちょう》。初音《はつね》の馬場《ばば》近くの藪。

諸国銘茶問屋《駿河屋《するがや》》の番頭・為右衛門《ためえもん》。四十五歳。腕と胸を斬られた上、首を落とされていた。


十月五日　夜四ツ（午後十時）近く。

森下《もりした》に程近い天王町《てんのうちょう》上ヶ地《あげち》の堀田原《ほったつぱら》。

御家人・高井久兵衛《たかいきゅうべえ》。三十歳。腹を斬られ、首を落とされた姿で発見された。刀に刃こぼれあり。


「ここで、読売が闇の介錯人の名を与えた、という訳だ。事件は続いた……」

寛政　九年（一七九七）
四月十九日　四ツ半（午後十一時）頃。
柳原土手にある柳森《やなぎもり》稲荷近くの藪。
御家人・横山礼三郎《よこやまれいざぶろう》。四十歳。腹を斬り裂《さ》かれ、首が落とされていた。刀に刃こぼれなし。

寛政十年（一七九八）

三月八日　四ツ半（午後十一時）過ぎ。

神田多町の空き地。

上野国《こうずけのくに》白井《しらい》・本多《ほんだ》家の家臣・竹尾《たけお》源之丞《げんのじょう》。四十三歳。腕と脇腹を斬られた上で、首を切り落とされていた。剣の腕は藩中でも指折りの剛の者であった。

刀の刃こぼれ多数。

四月二十五日　夜四ツ（午後十時）。

湯島一丁目の暗がり。

御用聞き・湯島の和兵衛《わへえ》、四十九歳と手下の庄太《しょうた》、二十六歳。共に、首を断ち斬られていた。

寛政十一年（一七九九）

十月六日　五ツ半（午後九時）。

不忍池の畔の茅町。この地での辻斬りは、寛政五年以来のことになる。

旗本・田宮長右衛門《たみやちようえもん》。三十八歳。

長右衛門の首は落とされ、中間《ちゆうげん》は袈裟《けさ》に斬られ、息絶えていた。肩の骨まで断ち斬られるという凄《すさ》まじい斬り口であった由。長右衛門の刀に二カ所の刃こぼれあり。


十月十七日　夜四ツ（午後十時）。

湯島六丁目を西に入った三念寺《さんねんじ》近くの林。

御家人・岩井藤兵衛《いわいとうべえ》。五十歳。首を斬り落とされていた。剣の心得は無きに等しかった由。刀に刃こぼれなし。


十月二十一日　この月三件目の辻斬りである。

夜四ツ（午後十時）。

池之端七軒町《いけのはたしちけんちょう》の暗がり。

浪人・早坂喜八郎《はやさかきはちろう》。四十八歳。腹を斬られ、首を落とされていた。剣は相当な腕であったと思われるが、刀に刃こぼれなし。

寛政十二年（一八〇〇）　事件なし。

享和　元年（一八〇一）　事件なし。

享和　二年（一八〇二）　事件なし。

享和　三年（一八〇三）　事件なし。

文化　元年（一八〇四）　事件なし。

文化　二年（一八〇五）　事件なし。

文化　三年（一八〇六）

四月十一日　事件起こる。

「物盗《と》りという訳ではないのですね」真夏が言った。

「紙入れに手を付けたことなんぞ、一度もねえ」

「日付はまちまちですが、刻限は宵五ツ（午後八時）が一度あるだけで、他は五ツ半（午後九時）、夜四ツ（午後十時）、四ツ半（午後十一時）と、遅い頃合に事件が起こっていますね」

「そこから何が見える？」

「夜出歩くことを咎《とが》められない者。例えば、ひとり暮らしの浪人。しかし、懐中の物を奪っていないのですから、それなりの実入りのある者で、これだけの殺害を繰《く》り返しているのに、周りの者から疑われもしていない。とすると、例えば、寺子屋の師匠とか」

「調べた」伝次郎が言った。

「それらしいのはいなかった」河野が言った。

「左様《さよう》ですか」

「他には？」伝次郎が訊いた。

「斬られた者の中に女子《おなご》がおりませぬ」

「そうだ。一番狙い易《やす》い夜鷹を襲わぬところから見て、新刀の試し斬りではないことは確かだな」

「腕に覚えのある者の所業ではありますね」

「うむ……」

伝次郎らが腕を組んでいるところに、半六が駆けて来た。北町のお使いが見えました。

「よっしゃ。続きはあとだ」

伝次郎に続いて染葉と河野が飛び出した。

年番方に回る前に覗くのは初めてのことではない。伝次郎の姿を見た当番方が、上げ掛けていた腰を下ろした。

「済まねえな」

「なるべくお早めに」

直ちに表紙を開いた。

「刻限は、昨日の五ツ半（午後九時）。郡代屋敷脇の藪。ってことは、初音の馬場の近くだ。寛政八年に、番頭の首を斬ったところだな」

「先を読め」染葉が言った。

河野は懐紙に書き写している。

「斬られたのは、信濃国長沼《しなののくにながぬま》・佐久間《さくま》家の家臣・田所鎌太郎《たどころかまたろう》。五十五歳。刀を抜く暇《ひま》もなく、首を斬り落とされた、とある。他の傷は右脇腹に刺し傷が一カ所。深さ五寸（約十五センチ）。見出人《みいだしにん》は、神田多町一丁目《孝助《こうすけ》長屋》の初。夜鷹だそうだ」

「書いたか」

染葉が河野に訊いた。河野が頷《うなず》いた。

「助かった。ありがとよ」

引き返そうとすると、いつの間に来たのか、百井がいた。何をいたしておる？

棘《とげ》のある声だった。

「まさか、また首を突っ込もうといたしておるのではあるまいな」

「そのようなことは……」

染葉が懸命に言葉を探している。

「其《そ》の方らは忘れたかもしれぬが、奉行所には月番と非番というものがあってな。此度《こたび》の一件は、北町のものだ。決して手出しをするでないぞ」

「心得ております。我らの役目は永尋でございますので」伝次郎が答えた。

「ならばよい」

百井は、当番方から回覧を受け取ると、奥へと戻って行った。

「珍しく素直に引き下がったな」染葉が言った。

「誰が、だ？」

「言ったではないか」

「俺たちが追うのは十三年前に始まる殺しだ。立派な永尋じゃねえか。それにな、元は南町の、それもこの俺の事件だぞ。誰が引き下がるかよ」

「成程《なるほど》、それなら話は通る」

染葉が笑みを零《こぼ》した。

詰所に戻り、回覧に書かれていたことを真夏と鍋寅らに話して聞かせ終えると、

「これからどうするか、だが」と伝次郎が言った。「辻斬りは、年に一度しか出ねえ時もあれば、二度の時もあり、かと思うと月に三度も襲ったりしている。その辺がどうも読めねえんだが、とにかく夜の見回りをするしかねえな」

「その前に、よろしいですか」真夏が言った。

伝次郎が促《うなが》した。

「この六年の空きは何なのでしょう？」真夏が訊いた。「いずれかの大名家の家臣だとすれば、いかがでしょう。国許《くにもと》に戻り、出府の機会がなかったとか」

「病気で寝込んでいた。いや、嫁をもらい落ち着いていたが、それを亡くし、また夜の闇に這《は》い出して来たとも考えられるぞ」染葉が言った。

「そんなところだろう。頭ン中に叩き込んでおこうぜ」

伝次郎が、郡代屋敷の近くにいる御用聞きで一番しっかりしているのは誰だ、と鍋寅に訊いた。

「馬喰町の丑之助《うしのすけ》でございましょう」

「あいつか」

近くでことが起きると、何にでも顔を出して来る男だった。

「先《ま》ず、丑から話を聞こうじゃねえか」

手持ちの事件を抱えている染葉を除き、取り敢《あ》えずは伝次郎らが辻斬りを追うことになった。手掛かりを求め、それぞれが奉行所を出た。河野は、これまでの事件から何か見出せないか、もう一度読み解く作業に入ることにした。真夏が河野の手伝いを買って出た。

灌仏会《かんぶつえ》を過ぎ、苗売りの声が目立ち始めた市中ではあったが、辻斬りの一件が片付くまで夜の人通りは激減することになるだろう。

「季節はよくなってゆくのにな」

「風当たりも強くなるんでしょうね」鍋寅が首を竦《すく》めた。

馬喰町の丑之助は外出していたが、女房が呼びに行くと、直ぐに戻って来た。

「昨日は大変な騒ぎだったろうな」

「またかって、そりゃもう」

「どこで殺されたのか、ちいと教えてくれねえか」

「乗り出されるんで？」

「表向き、これは北町の扱いだぜ。はい、とは言えねえやな」

「承知いたしやした。こちらで」

出掛けるぜ。女房に声を掛け、丑之助が先に立った。

「北町は何だって？」

「介錯人とばったり出会《でくわ》さない限り難しいのでは、と」

「しょうがねえな。やはりここは、俺が一肌脱がねえと、埒《らち》が明きそうもねえな」

「へい……」

　返事に力が籠《こ》もっていないのが気に入らなかったが、寛政五年の時に捕らえられなかったのだ。大きなことは言えない。日向《ひなた》ぼっこをしている老人のように口をもぐもぐさせているうちに、初音の馬場へと続く藪に着いた。

「この黒いのが、血の染みでございます」

　通りから僅《わず》かに入ったところだった。丑之助は通りの縁に戻ると、踏み荒らされた草を指さした。

「ここら辺りで夜鷹の奴がション弁垂《た》れようとすると、こちらにぺたりと座っている侍がいる。よく見ると、首がなかったってんで。それが、夜四ツ（午後十時）頃で」

「殺しのあったのは、五ツ半（午後九時）とあったが」

「まだ身体《からだ》が硬くない。死斑《しはん》が足と尻にまだらに出始めておりやしたが、指で圧《お》すと色が褪《あ》せる。血が固まりきっていない。そこから、北町の旦那が、五ツ半頃ではないか、と」

「刀は抜いていなかったんだな？」

「へい」

「すると、脇腹を刺され、前屈《かが》みになったところで首を刎《は》ねられたのか」

「そのように見受けられますでございます」

「相当に手際がよくなっているようで」鍋寅が言った。

言う通りだった。刀を抜かせもせずに、殺す術《すべ》を身に付けやがったんだ。手際がよくなりゃ、余計におもしろくなる。こいつぁ、勢いが付くんじゃねえか。

丑之助に、見出人の初について訊いた。

「どっちかに抱えられているのか」

江戸の夜鷹は、本所吉田町《よしだちょう》と四《よ》ツ谷鮫《やさめ》ヶ橋《はし》に拠点を置くふたつの勢力によって支配されていた。それぞれが毎夜、江戸の各所に抱えている夜鷹を送り出すのである。伝次郎は初が吉田町の抱えか、鮫ヶ橋の抱えかと訊いたのである。

「あれは、比丘尼《びくに》横町《よこちょう》とその周りが主な稼ぎ場の、はぐれでございます」

はぐれは口銭《こうせん》を取られない代わりに、組織の男衆によって守られることもなかった。

「となると、今頃は……」

まだ多町の塒《ねぐら》にいるだろう、と丑之助が言った。

「《孝助長屋》だったな？」

「通り名の《上方店》《ぜえろくだな》の方が分かり易いかと存じますが」
昔から上方《かみがた》の者が多く住んでいたところから、そのように呼ばれている長屋だ、と丑之助が付け加えた。

「助かったぜ」

酒でも飲んでくれ、と丑之助に過分な心付けを握らせ、多町に回った。
初を自身番に呼び出して尋ねたが、耳寄りな話は何も聞き出せなかった。女子は斬られてはいないが、気を付けるように言い、初を帰した。序《つい》でに自身番で、八年前の寛政十年三月に首斬り事件が起こった空き地の場所を教えてもらおうとしたが、不用心だからと町が斡旋《あっせん》して店と長屋が建てられているということだった。八年の歳月は長い。無理もなかった。

奉行所の詰所に戻ると、河野と真夏の顔が明るい。

「何か分かったのか」框《かまち》に腰を下ろしながら尋ねた。

「刻限を見ていて気が付きました」と河野が言った。「四ツ半（午後十一時）に辻斬りをしたのは、竜閑橋の東にある白旗稲荷と、柳原土手と、神田多町の空き地の三件。ここから、町木戸を通らず、辻番所の目にも触れないところに辪があるのか、さもなくば、町木戸を通っても、辻番所の者に見られても、疑われない者。それが辻斬りの正体です」

　はあ、と鍋寅と隼と半六が声を上げ、頷いた。

　続いて真夏が言った。

「刃こぼれの有無などから推して考えますと、辻斬りは確実に腕を上げています。どこかの道場に通っているとすれば、師範代をしているか、さもなくばそれに準ずる地位にいる者でしょう。もしかすると、道場主をしているかもしれません」

　鍋寅らが、もう一度声を上げた。

「辻斬りの姿が仄《ほの》見《み》えて来たような気がするぜ」

　伝次郎が、威勢よく立ち上がった。

　そして、二日が経った。

二

四月十四日。五ツ半（午前九時）。

伝次郎と鍋寅らに真夏が加わり、市中の見回りに出た。水辺の杜若《かきつばた》が目に心地よかった。

数寄屋橋御門から京橋、江戸橋を渡り、伊勢町堀《いせちようぼり》沿いに行き、中ノ橋《なかはし》に差し掛かったところで、一行は内与力の小牧壮一郎《こまきそういちろう》と行き合った。同年輩の武家と連れ立っている。

「お見回りですか。御苦労さまです」

小牧は改めて真夏に目を遣り、目礼した。

「どちらへ」伝次郎が訊いた。

「暫《しばら》く無沙汰《ぶさた》いたしましたので、道場へ挨拶《あいさつ》に参るところです」

小牧壮一郎は久慈《くじ》派一刀流の遣い手で、道場は浜町堀に面した富沢町にあった。久慈派一刀流は、久慈鉄斎《てつさい》が興《おこ》した流派で、今は鉄斎の孫の鉄之助《てつのすけ》が指導に当たっていた。門弟の数は、三百を超える大道場であった。

「腕が鳴りましょう」

「はい」

思わず歯を覗かせた小牧が、ともにいる武家を伝次郎らに引き合わせた。

「一色《いっしき》喬太郎《きょうたろう》です。お見知りおきを」

辞儀をする姿には、一分の乱れもない。

「腕が立ちそうですな」伝次郎が言った。

「まだまだです」喬太郎が、日に焼けた顔を綻《ほころ》ばせている。

その間に小牧が真夏の側に寄り、こちらは、と言った。

「一ノ瀬真夏殿。お強いのだ。私が胴を取られて負けた」

「それは凄《すご》い。是非とも一度お手合わせを」

「あれは手加減していただいただけで」

「何流を？」喬太郎が訊いた。

「古賀《こが》流に、父が独自の工夫を凝《こ》らしたものだ、と聞いておりますが、我流とお思いください」

「申し訳ござらぬ。その古賀と言う御流儀を存じ上げません」

「古流で、屋内の立ち合い向きのものです」

「ますますお手合わせを願いたいですね」

「いずれ機会があれば、私からもお願いいたします」真夏に一礼した小牧が、遅れるぞ、と喬太郎に言った。「失礼、刻限に遅れる訳には参りませんので、これにて」

足早に離れたふたりが、中ノ橋の手前で振り返り、並んで頭を下げた。伝次郎らも、礼を返した。

「気持ちのよい方ですね」真夏が、どちらとも言わずに言った。

「剣に打ち込んでいる者は、特に、な」

「そう思います」

真夏が振り向くと、小牧の脇を行く喬太郎の後ろ姿が目に付いた。微《かす》かに右に傾《かし》いでいる。それを誤魔化《ごまか》そうとしているのか、肩を徒《いたずら》に聳《そび》やかしていた。真夏は小さく微笑《ほほえ》んで、伝次郎らの後を追った。

四月十五日。七ツ半（午後五時）。

永尋掛りの詰所で、伝次郎らが雁首《がんくび》を揃《そろ》えているところに、小牧壮一郎が前触れもなく現れた。

「どうなさいました？」

「はあ」歯切れがよくない。「お忙しいところ、突然罷《まか》り越しました。お役目のこととは関わりのない話で、申し訳ないのですが」

「上がられてはいかがですか」

伝次郎が、座敷に誘《いざな》った。鍋寅と隼と半六が土間に下り、近に茶の用意を促している。

「話し合いをされていたのでは？」

「丁度終わったところですので、ご遠慮は無用です」

辻斬りの正体はおろか、何の目的で凶行を繰り返しているのか、まだ見当も付いていない。話し合いと言っても、特に進展がある訳ではなかった。

「それでは」

小牧は、控帳が並んでいる小部屋を見、随分溜《た》まったものですね、と今更のように言った。

「それだけ、悪さをしてのうのうと生きている者がいるということです」

「私たちは、毎日この棚を見るべきなのですね」

近が熱い茶を淹《い》れて来た。

礼を言って、手に取った小牧に、一色喬太郎のことを訊いた。

「かなりの遣《つか》い手と見ましたが」

「分かりますか」

「上々の部に入るお方でしょう。もっとも私では、上の上、上の中、上の下の違いを見分けよ、と言われたらお手上げですが」

小牧は、ゆったりとした笑みを浮かべ、

「江戸にいた頃は」と言った。「私と互角だったのですが、修練の差が出たようです。今では向こうの方が上でしょう」

「参勤ですか」

「いやいや、喬太郎は作事《さくじ》奉行の一色豊前守《ぶぜんのかみ》様の嫡男でして、豊前守様が京都西町《にしまち》奉行になられたので、ともに五年程上方へ行っていたのです」

「ほう」

五年……。そうか。本人だけでなく、家族もともに江戸から離れていることがあるのだ。伝次郎は河野と目を合わせた。

——出府の機会がなかったとか。

真夏の言葉が蘇《よみがえ》ってきた。

「それで、道場に挨拶に行かれたのですね」真夏が訊いた。

「はい」

年賀の挨拶を欠かせぬ豊前守様たちと別れ、東海道《とうかいどう》の名所をゆっくり回り、近頃江戸に戻って来たのだ、と小牧が言った。

「喬太郎に代稽古《だいげいこ》を任せるのだ、と師も上機嫌でした」

「作事奉行様の御屋敷はどちらに？」

喬太郎の名は出さずに、父豊前守の役職名で訊いた。

「神田橋御門外《かんだばしごもんがい》です。四軒町《しけんちょう》と雉子町《きじちょう》の先が武家屋敷になっていますが、あそこです」

伝次郎の頭に、江戸大絵図が即座に広がった。上手《うま》く夜陰に紛《まぎ》れて動けば、人に見られずに屋敷の出入りが適《かな》う。河野と真夏が、読み解いた辻斬り像と重なっている。だが、しかし……。伝次郎の胸が微かに疼《うず》いた。

実は、今日伺ったのは、と小牧が真夏を見ながら口を開いた。

「明日御奉行が下城されるまでの間に、勝手を申し上げ、道場で喬太郎と稽古試合を行うことになったのです。あまり負ける姿は見せたくないのですが、相手が喬太郎ならば、それもまたよしと考え……。もしよろしければ、おいでになられぬか、お誘いに来た、という訳です」

真夏が、どういたしましょう、という顔をして伝次郎を見た。

「それは私も見たいですな。供をしてもよろしいでしょうか」

「勿論《もちろん》です」

「よし、決まりですな。いや、楽しみですな」

「私も、です」

真夏が言った。表情に曇《くも》りがない。その伸びやかな顔を見ていると、誰でも直ぐに疑いを持って見てしまう己《おのれ》や河野を、ふと疎《うと》ましく感じることもあったが、少しでも疑う余地があるならば、それが誰であろうと疑惑が晴れるまで調べるのが同心の務めだ、と心を閉じた。

「喬太郎の奴、驚くと思いますよ」

「ご存じではないのですか」

伝次郎が訊いた。

「まだ話しておりません」

「そうでしたか……」

月番、非番にかかわらず、町奉行が下城するのは昼八ツ（午後二時）である。

非番の町奉行は、月番の時に受け付けた事件の処理を纏めたお伺書《うかがいがき》の決裁を、老中や将軍から得るために登城するのであった。

その町奉行が登城のために奉行所を出るのは、五ツ半（午前九時）頃なので、道場へは昼四ツ（午前十時）過ぎ頃訪ねることになった。

小牧が詰所を辞した後、河野が唾《つば》を飲み込んでから、二ツ森さん、と言った。

「決め付けるのは早計と思いますが、一色様のご嫡男、どう思われます？」

「何がですか？」

真夏が目を大きく見開いている。伝次郎が河野の後を引き取って言った。

「腕が立って、夜動ける者で、ここ数年江戸にいなかった、というのに当てはまるってことさ」

そこで初めて気付いたのか、真夏が口を丸く空けた。伝次郎は真夏の中に、新治郎の嫁の伊都を見た気がした。

四月十六日。

伝次郎らは、約束の刻限の四半刻（約三十分）前に富沢町の道場前に着いた。

近隣の者なのだろうか、数人の町人が武者窓から道場を覗き込んでいた。

「盛況のようだな」伝次郎がひとりに訊いた。

「ここは、皆さんご熱心でいらっしゃるから。それに、今日は龍虎《りゅうこ》が来ていますからね、張り切り方が違います」

「龍虎？」

「旦那、ご存じではないのですか」商家の隠居風の者が、少し威張《いば》るようにして言った。「では、お教えいたしましょう。あの柱の横に立っているのと」小牧壮一郎だった。「そこで、門弟に教えているの」一色喬太郎だった。「このふたりが久慈道場の龍虎です」

「立派な面構《つらがま》えだな」

「嬉《うれ》しいこと、言ってくれますね。これが、町の若い衆なら、奢《おご》るよって酒を飲ますんですが、八丁堀の旦那じゃしょうがありませんな」

組太刀《くみたち》が始まった。五十人程の門弟が一度に竹刀《しない》を打ち合わせるのである。竹刀の音が板壁に響き、踏み込む足が、床を、道場を揺らした。組太刀の番を待つ門弟たちの背が武者窓を塞《ふさ》いだところで、玄関に回ることにした。

それと見て取った鍋寅が、

「では、あっしどもはここで」と、隼と半六を促した。

「見終わったら、茶屋で待っていてくれ」栄橋の西詰にある茶屋を指した。

真夏とともに道場の玄関へ回り、案内を乞《こ》うと、門弟が出て来た。伝次郎が名乗り、小牧と約している旨《むね》を告げた。

「お待ちでございます」

道場に通された。敷居を跨《また》ぐ前に道場に礼をし、入ってから神棚と、その下で門弟らの稽古を見ている久慈鉄之助に礼をした。

真夏を見て、門弟らが静まり返っている。小牧と喬太郎が来て挨拶をした。

久慈の声で、組太刀の稽古をしていた門弟らが下がった。小牧と喬太郎の模範試合が始まるのである。伝次郎は、真夏と並んで腰を下ろした。

ふたりが道場の中程に出た。間合は九歩。正面に向かって礼をし、向かい合い、礼を交わす。三歩ずつ進み、一足一刀の間合で止まり、竹刀を構えた。

「始め」久慈が言った。

ふたりは互いに正眼《せいがん》に付けていたが、喬太郎が切っ先を下げ、下段に位を取りながら足をにじるようにして進み出た。小牧の竹刀が上がり、八相《はっそう》に構えた。透《す》かさず、喬太郎の竹刀が脇構えに移ると、小牧の竹刀が上段になった。それと見た喬太郎の竹刀が正眼に動く瞬間を狙って、小牧の竹刀が打ち下ろされた。数合斬り結び、一間半（約二・七メートル）の間合を取って離れた。再び正眼で相対している。やがて、喬太郎の切っ先が再び下段の位に下りた。しかし、小牧の竹刀は動かない。

「破《は》っ」喬太郎が掛け声とともに、半歩踏み出した。

打ち合いを避けるように、小牧が半歩退いた。

「破っ」喬太郎が、更に半歩進み出た。

と同時に、小牧の竹刀が喬太郎の小手を狙って飛んだ。喬太郎の竹刀が龍の尾のように跳ね上がり、小牧の竹刀を弾《はじ》き上げた。一瞬、小牧の胴が空いた。やられる。伝次郎は思わず膝《ひざ》に置いた拳《こぶし》に力を込めた。だが、喬太郎の竹刀の始動が、一呼吸の百分の一程遅れたやに見えた。小牧の竹刀が光のように降り、喬太郎の小手を捉《とら》えた。

「それまで」久慈の声で、道場が溜息《ためいき》に溢《あふ》れた。

ふたりは数歩下がると、竹刀を左手に持ち替えて礼をし、更に正面に向いて礼をした。

「どうした？　鋭《するど》さに欠けていたぞ」小牧が喬太郎に言った。

「よいところを見せようとして、身体が硬くなってしもうたわ」

「らしくないな」

「面目ない」

「よし。ふたりとも汗を拭《ぬぐ》うて奥へ参れ」

久慈が、伝次郎と真夏を奥の居室に誘った。

「小牧より一ノ瀬殿のことはいろいろ承っております。お父上は随分と変わったお方のようですな。これは、よい意味で申し上げているのですが」

「よく同心が務まっていたと思います」

「多分、同僚がよかったのでは」伝次郎が言った。

「あっ、そう思います」真夏が答えた。

「遅いな」

「お父上からずっと稽古を」久慈が訊いた。

「はい。物心付いた時には木刀を握らされていました」

「ほお」

「父に言わせると、真綿《まわた》に水を含ませるようなものだったそうで、大層面白かったと申しておりましたが」

「一度お目に掛かってお話を伺いたいものですな」

「今は道場を任せている門弟らの様子を見に戻っておりますが、近々江戸に参ると思います。その折にでも」

「そうしていただけますか。よろしくお願いいたします。お教えいただくことも多かろうと思います」

足音がし、小牧と喬太郎が現れ、廊下に膝を突いた。入るように、と久慈が告げた。

「門弟らも満足しているだろう。私からも礼を言う」

久慈が頭を下げた。小牧と喬太郎が、居住まいを正し、答礼をしている。

「そなたらが嫡男でなく、次男か三男であったならば、継いでもらえたのだが」

一色がひとりの名を挙げ、どうか、と訊いた。

「鍛《きた》えれば私たちのひとつ上を行きます。太刀筋に曇りがないのがよいと思いますが」

どうだ？　と小牧を見た。

「あれは、伸びる。同感だ」

「しかし、今日は抜かったな。俺もまだまだ詰めが甘い」

喬太郎が額に軽く掌《てのひら》を当てた。

伝次郎と真夏は、運ばれてきた茶を飲み、道場を辞した。

「小牧様、流石《さすが》でございやしたね」茶店から出て来た鍋寅が、いの一番に言った。

「思わず大声を出しちまいそうになりました」半六が興奮気味に言った。

「……先達《せんだつ》にも、そう見えましたか」真夏が伝次郎に訊いた。

「いや、何と言うか、一色様の竹刀が一瞬迷ったような、腕が固まり掛けたような、何と言ったらいいのか……」

「迷わずに打ち込んでいれば、胴を取れたはずです」

「そのような気が、した」

「では、あの場でそれに気付いたのは、五人いたことになりますね」

「五人？」伝次郎が問うた。

「私たちと、立ち合ったふたりと、久慈先生です。一色様が硬くなったと言わなければ、もしかしたら誰かが何か言ったかもしれません」

「そんなに強い方でも、迷うなんてことがあるんですかい？」鍋寅が首を傾げた。

「誰でも自信たっぷりに生きている訳ではねえからな」

「旦那は別ですけどね」

「真夏様は迷われたことは？」隼が訊いた。

「ありません。剣客《けんかく》にとって、迷いは死です。迷わぬように鍛えてきましたので」

一歩前に踏み出した真夏がくるりと振り返り、伝次郎に言った。

「先達、私、少し一色様を疑い始めております」

「んっ？」

「なぜ胴を取れなかったのか、ではなく、取らなかったと考えたらどうでしょう」

話を続けるように促した。

「辻斬りに遇《あ》われた方たちの傷を読み比べていて、気付いたことがあります。先日の郡代屋敷の一件では右脇腹を刺されておりましたが、他の場合では、腕や脇腹や腹が斬られておりました。腕の傷が腹を庇《かば》ってのことならば、辻斬りの狙いは腹、ということになります。このことから、腹を斬る。前屈みになる。そこで首を刎ねる。それが辻斬りの襲い方だとしたら、どうでしょう？」

「何が言いたい？」

「手のうちを晒《さら》すまいと、胴に打ち込めなかったのではありませんか」

真夏から伊都の面影が消えた。やはり、真夏は真夏だった。

「あり得るな」伝次郎が唸《うな》った。

しかし、これといった証《あかし》がある訳ではない。相手が商人《あきんど》やならず者ならば、見張り所を設けることも出来るが、家禄九百五十石の作事奉行の嫡男である。旗本の嫡男の取り調べは、評定所《ひょうじょうしょ》で大目付《おおめつけ》立ち会いの許《もと》に行われるものである。それだけの権威を認められている者を、一介《いっかい》の同心が怪《あや》しいからと簡単に見張る訳には行かなかった。間違えましたでは、御奉行にどのような迷惑を掛けることになるか分からない。既に【逢魔刻《おうまがとき》】の一件で、多大な迷惑を掛けているのだ。自重するしかなかった。

「仕方ねえが……」

一色家の屋敷を中心にした町屋と暗がりの見回りをしながら、決め手となる証を探すこととした。

「それが賢明な遣り方だろうな」話を聞き終えた染葉の一言で決まった。

そして三日が経った。

三

四月十九日。夜四ツ（午後十時）過ぎ。

町木戸は既に閉じられており、町の辻からは人気《ひとけ》が消えていた。

この夜伝次郎らは、湯島から不忍池を見回り、下谷御成《したやおなり》街道から御徒町《おかちまち》へと抜ける道を辿《たど》っていた。

「人気のないのは寂しゅうございやすね」

鍋寅が洟《はな》を啜《すす》り上げている。

和泉橋を北から南に渡った。

「前までは、このちいと先に屋台が出ていたんですがね」

鍋寅が、御用と墨書きされいている提灯《ちょうちん》を掲げた。

伝次郎らが新シ橋の方を見遣った時、ひとり反対の西にある籾御蔵《もみおくら》跡地の方に顔を向けた真夏の目に、常夜灯の仄明《ほのあ》かりの中を横切って行く武家の姿が映った。武家は振り返るようにして真夏らを見ると、足早に角の暗がりの中に消えて行ってしまった。武家の後ろ姿が微かに右に傾いでいるように見えた。まさか。

思った瞬間、真夏は伝次郎を呼んだ。

「先達」

「どうした？」

「今、あそこに人が」

籾御蔵跡地の辺りを指さし、武家であることと、喬太郎のように見えたことを言い足した。

「走れ」

伝次郎が叫んだ。半六と隼に続いて、真夏が地を蹴った。その後を伝次郎と鍋寅が追った。

真夏らが路地や物陰を覗いているところに、伝次郎と鍋寅が追い付いた。

「誰かいたか」

「いいえ……」隼と半六が首を横に振った。

「一色様らしいってのは、確かだな？」

「はい……」

「一応、この辺りの藪ん中も調べてみるか」

しかし、何も異変は見付からなかった。

「申し訳ありません。見間違いだったかもしれません」

「十のうち幾つくらい自信がある？」

「ふたつ、くらいでしょうか」

「なら間違いねえ」

「そんなもんでやすか」鍋寅が訊いた。

「これが鍋寅なら、十のうち七つと言われても信用出来ねえがな」

「そりゃひでえや。あんまりだ」

鍋寅がむくれ返った。


四月二十二日。六ツ半（午前七時）。

三日前に、伝次郎らが調べた籾御蔵跡地前の土手から、僅か十六間（約二十九メートル）東に逸《そ》れたところから、首を落とされた男の死体が発見された。

土地の御用聞きから知らせを受けた鍋寅が、半六を組屋敷に走らせた。朝餉《あさ》を終えていた伝次郎が柳原の土手に着いたのは、北町よりも先だった。藪の前では、鍋寅に隼と真夏が待ち受けていた。

「こちらです」

死体に被《かぶ》せられていた筵《むしろ》を取った。首がなかった。手と腹を斬られた上に、首を落とされたのだ。殺された男の身性《みじょう》は、既に割れていた。

平永町《ひらながちょう》の《与平店《よへえだな》》に住む昌吉《まさきち》。年は三十四。表向きは青物の担い売りだが、遊冶郎《ゆうやろう》であった。

昌吉は三日前の夜から長屋に戻っていないことが、鍋寅らの聞き込みで分かっていた。

「殺されたのは、三日前ってことでしょうか」

伝次郎が死体を調べた。血は止まり、固まっていた身体も解けていた。

「それとな、身体が腐《くさ》り膨《ふく》れ上がる前に、血の管がどうにかなるんだろうが、身体中に緑っぽい茶色の網の目のようなものが出るんだ」

死体の着物を開いた。胸から腹を茶色の網目が覆《おお》っていた。

「蛆《うじ》もまだ小さい。間違いねえ。三日ってところだ」

「あの夜、ですね」真夏が言った。

「畜生、何とかならないんですか、旦那ぁ」

「あの方が張本《ちょうぼん》なら、恐らく、京でも殺していたんでしょうね」隼が真夏に言った。

「隼」と伝次郎が言った。「お前は、いい御用聞きになるぜ」

どうして褒《ほ》められたのかは分からなかったが、褒められたのだけは間違いなかった。この場に不似合いな笑みを見せた隼らに、伝次郎が言った。

「付いて来い」

「どちらへ？」鍋寅が訊いた。

「大坂《おおさか》だ。何で気が付かなかったんだ。俺も年だぜ」

「へっ？」

鍋寅と隼と半六が顔を見合わせ、真夏を見た。真夏が、分からない、と首を横に振った。

多町の《上方店》の大家は、長屋の入り口脇で小間物を商っていた。長屋の木戸を潜り、小間物屋の裏戸を叩いた。

「何か」と言って、戸を開けたと同時に鍋寅の顔を思い出したのだろう、俄に顔が引き締まった。

「今年になって上方から来たのはいるかい？」

「おりますが……」

「京大坂の話が聞きたいんだが、呼んで来てくれねえか」

待つ間もなく大家が、腰の低い、やたらに愛想のいい男を連れて来た。大家の家の座敷を借りて、伝次郎が尋ねた。

「お前さん、京について詳しいかい？」

「勿論で」江戸以上に、京にも商《あきな》いの品を届けにゆくことがあり、よく知っていると言った。男は下り物の仲介を生業《なりわい》にしていた。

「思い出してくれ。遡《さかのぼ》ること五年の間に辻斬りは出なかったか」

「ございましたな」

「首を落としたのも？」

「ようご存じでんな」

「あったのか。いつ頃だ？」

「日にちまでは、無理でっせ」

「もっと大雑把《おおざっぱ》でいい。今年とか去年とか」

「確か二、三年前に二件、その前の年にも一件あったんと違いますか」

「その前は？」

「辻斬り言うても、背ぇ斬り付けたいうくらいなもんでっしゃろな」

「首を落とされたなんてことは、なかったんだな」

「覚えている限り、ありまへんでしたな。そないなもんは」

「ありがとよ。上方のもんは覚えがいいんで助かるぜ」

「そりゃ頭《どたま》の鍛え方がちゃいまっさ」

大家と男に礼を言い、長屋を辞した。

「旦那ぁ」鍋寅の声が上擦《うわず》っている。

伝次郎にしても吠《ほ》えたい気分だったが、吠えるには同心としての矜持《きょうじ》が邪魔をした。吠えるのを諦《あきら》めて、奉行所に急いだ。


奉行所の玄関で当番方から筆と紙を借り、小牧壮一郎への言付けを書き、大至急手渡してくれるように頼んだ。内容は、話があるので永尋掛りの詰所に是非とも来てほしい、というものであった。

四半刻（約三十分）の後、小牧が現れた。同心が内与力を呼び付けたのである。伝次郎が非礼を詫びようとすると、それよりも、と小牧が用件を尋ねた。

伝次郎は、河野が纏《まと》めた辻斬りの表を小牧の前に置いた。一読、小牧は六年の空白の箇所に目を留めた。

「途切れていますな」

「その訳を幾つか考えたのですが、ぴったりするものに行き当たりました。江戸を離れていたとすれば、頷けます」

「成程……」

「その者は、腹を斬り、前屈みになったところで首を刎ねたと思われます」

「そのようですな」表の中の、傷痕の箇所を見比べている。

「見ればお分かりになられますように、腕を上げております」

「………」小牧が、表から顔を上げた。

「先日の道場での試合ですが、小牧様は負けておられました」真夏が言った。

「胴を取られたと思った瞬間、何ゆえか、一色様はひるみました……」

「そうです」

「どうしてだと思われます？」真夏が訊いた。

「それは、久し振りの手合わせだったのと、一ノ瀬殿と二ツ森さんが見ていたからではないのですか。珍しく緊張したのでしょう」小牧が言った。

「胴を打つのはまずい、と咄嗟《とっさ》に思ったとしたら？」伝次郎だった。

「それは、どういう？」

「俺たちに胴を取るところを見せたくなかった。それでひるんだ、と考えられませんか」

「二ツ森さん、まさか……」

「三日前の夜、柳原土手で男が殺されました。丁度その頃、我らは和泉橋を渡ったところにおりまして、真夏が土手の藪から侍が出て来るのを見ております。少し右に傾いだような歩き方をする方だったそうです」

伝次郎は言葉を切り、小牧を見詰めた。小牧は伝次郎から真夏に目を移した。

「間違いございません。この目で見ました」真夏が言った。

「それだけではありません」伝次郎が、京の辻斬りの件を話した。

「そのようなこと、あるはずがない」

「と思いたいでしょうが、それには辻斬りではないという証が要《い》ります」

「どうすればよいのだ」拳を固めた小牧が、いや、待て、と言い、伝次郎を、真夏を、河野を見回した。「喬太郎は旗本の嫡男ですぞ。町方は支配違いで手出し出来ぬではないか。何を言っているんです」

「事ここに至れば、そんなことはどうでもよいのです」

「何……？」

「確かに一色様は旗本の嫡男です。それゆえ見張りを置くこともせず、見回りを続けながら証を探しておりました。そして、ほぼ間違いないというのが私たちの心証です。ここまで来れば、捕らえたら、たまたま旗本の嫡男だったとすれば、申し開きは出来ます」

「そんなに簡単なことではないでしょう。旗本を監察し取り締まるのは、目付の役目です。町方が捕らえれば、目付の立場を踏みにじることになりますぞ」

「一色様は、旗本である前に辻斬りです。それも、自らの楽しみのためにのみ、罪もない者の首を落とすという憎むべき辻斬りなのです」

「私たちは、辻斬りを捕らえたいのです」真夏が言った。「同じ剣を学ぶ者として、小牧様は辻斬りをしている者を許せますか」

「……明日酒を飲む約束をしています。実《まこと》に辻斬りなのか否《いな》か、当人に訊いてみましょう」

「いや。訊くのは得策ではないでしょう」伝次郎が言った。「その席に私と真夏が加わってもよろしいでしょうか」

「構いませんが」

「辻斬りは、一色様に相違ないと思いますが、確かな証はございません。白を切られたらそれまでです。先ずは人となりを確かめさせていただきたい。どこで飲まれるのです？」

小牧らは、場所は決めていなかった。七ッ半（午後五時）に堀江六軒町《ほりえろつけんちょう》の《岩槻屋《いわつきや》》で落ち合い、それからは成り行きで探すつもりでいるらしい。《岩槻屋》は御刀脇差拵所《わきざしこしらえどころ》で、研ぎの仕事もしている店であった。

「《岩槻屋》は、一色家御用達《ごようたし》の店ですか」

「そのように聞いています」

「では、明日は《岩槻屋》からお供いたしましょう」伝次郎が言った。

四月二十三日。暮れ六ツ（午後六時）過ぎ。

伝次郎らは、堀江六軒町に程近い小網町の船宿《磯辺屋《いそべや》》に上がり、酒宴を開いていた。《磯辺屋》は伝次郎ら永尋掛りの馴染《なじ》みの船宿で、仲居の登紀《とき》には何度か御用の手伝いを頼んだことがあった。《磯辺屋》に誘ったのは、無論伝次郎である。

「真夏殿には、いつも御用に働いてもらっているので、今日は骨休めです。剣の話をさせてもらえたらと思い、折角の席にお邪魔するという無礼をいたしましたが、何卒《なにとぞ》お許しください」

杯《さかずき》を干すと伝次郎は、自分の膳《ぜん》を脇に除け、登紀の手を取った。

「私はお登紀さんとつもる話があるので、どうぞお気になさらずに。そちらはそちら、こちらはこちら、ということで」

小牧と真夏が苦笑している横で、喬太郎が手を叩いて囃《はや》し立てた。

伝次郎は登紀に注《つ》いでもらった酒を飲みながら、

「鍋寅が怒るだろうな」と言った。「お登紀さんに酌をしてもらったと話したら」

「お連れくだされぱよろしかったのに」

「あいつは沢庵《たくあん》の尻尾《しっぽ》齧《かじ》って、貧乏徳利抱えて飲んでいればよいのだ」

「まあ、言い付けますよ」

登紀が伝次郎の腿《もも》を軽く叩いた。杯の酒が膝に零れ、ふたりで騒いでいる。その様子を見ていた喬太郎が、杯をひとつ干すと、真夏に訊いた。

「負けたことは、あるのですか」

「何度もございます」

「そのような時、ああこれが自分の限界か、とは思わなかったのですか」

「皆、年上の方ばかりでしたので、そのように考えたことはございません。あの年になる頃には私の方が上だろうな、と思っておりました」

「そりゃあ、いい。私、周りから煩《うるさ》く言われていたのですが、今日まで妻を娶《めと》ろうなどとは思ってもいなかった。だが、真夏殿はいい。な？」

小牧に言い、返答が来ないのを見て、真夏に言った。

「小牧も独り身なのです」

「そうなのですか。ご妻女がおられるものとばかり、思っておりましたが」

「肝心なことを言わぬ。小牧らしいな」

「殊更《ことさら》に言うことではないだろう」

「では、今日から競争だ。よろしいですか、二ツ森殿」

好物の揚げ田楽を食べようとしていた伝次郎が、手を横に振った。

「私は父親ではないですからな。何とも言えませんな」

「仮の父親としてお言葉を賜《たまわ》りたい」

「されば、申し上げます。ふたりとも気持ちのいいお方です。おふたりに差し上げましょう」

おおっ、喬太郎が声を上げ、よし、と言った。

「俺は右半分もらう。壮一郎は左半分だ。文句ないな」

「何を言っているか」

小牧が真夏を見た。真夏が、小さく笑って小牧を見返した。小牧が杯に目を落とすのを、喬太郎が黙って見ていた。

一刻（約二時間）程で《磯辺屋》を出た後、酔い覚ましに、と日本橋川《にほんばしがわ》に沿って行徳《ぎょうとく》河岸まで歩き始めた時、東の通りの方から、人殺しだ、という叫び声とともに足音が聞こえて来た。

「何だと」

伝次郎は背帯に差していた十手《じって》を握り締め、声の主に駆け寄り、場所を訊いた。

「浜町河岸は栄橋の東詰。ありゃ、見れば分かりまさぁ、闇の介錯人の仕業《しわざ》ですぜ」

「いつだ？」

「たった今で」

伝次郎が振り向いた。

「済まぬな。我らは役目で行かねばならぬ」小牧が喬太郎に言った。

「分かっている」

小牧と真夏を待って、伝次郎らが走り去った。みるみるうちにふたつの影が小さくなり、ひとつが遅れ始めている。

後ろ姿を見送っていた喬太郎の頰《ほほ》が、僅かに吊《つ》り上がった。

栄橋の東詰は人で溢れていた。死体を遠巻きに囲んだ見物の衆である。

「ちょいと御免よ」

人の波を掻《か》き分けて中に入った伝次郎に、男が擦《す》り寄って来た。土地の御用聞き、久松町の東造《とうぞう》だった。

「介錯人か」

「そのようでございます」

伝次郎は、駆り出されて来ていた自身番の者に、見物衆をもちっと下げるように言った。人の輪が下がってゆく。筵からはみ出している足を見た。若い。東造が、筵を捲《めく》った。首のない身体が横たわっていた。血潮に濡れた腹の脇に首が置かれていた。顔立ちを見た。幼さが残っていた。

「身性は分かったか」

「へい。橘《たちばな》町《ちょう》の乾物問屋《大津屋《おおつや》》の手代・末之助《すえのすけ》、と申しましても、成り立

「十五歳でございます」

てでして、去年までは小僧の末吉《すえきち》と呼ばれていました。十五……」

「悔《くや》しいっすねぇ、旦那。これから、楽しいこと、嬉しいこと、そりゃ辛《つれ》えことも、悲しいこともあるでしょうが、それらをひっくるめて、いろんなことがあるってのに、この若さでねぇ。あっしは、辻斬りが憎いっすよ」

「必ず捕らえる。末之助のためにもな」

腹の傷口を調べた。動きを封じるために付けたような斬り痕だった。次いで首の斬り口を見た。渾身《こんしん》の力を込めたのか、一刀で斬られている。

背後の気配に振り向くと、真夏と小牧がいた。

「喬太郎は私たちといた。やはり、喬太郎ではないのですね」

「それは、まだ分かりません」伝次郎が答えた。

「二ツ森さんも一緒におられたではないですか」

「末之助ですが、これまでやられた者たちとは、年格好が合わないのです。それに、腹の傷も浅いし、斬れ味が鈍《にぶ》い」

「暗くて年格好までは見えなかったのでは」

「かもしれませんが、これまでと違う、ということは重要なことです。疑いを晴らすには、まだ不十分ですな」

不満げに唇を噛んでいた小牧が、真夏に言った。

「私は喬太郎を信じます。真夏殿は？」

「この若い手代の首の細さが気になります。前屈みになっていれば、手練《てだ》れの者でなくとも首を落とせるでしょう」

「では、この一件は違う者の、例えば介錯人の真似《まね》をした者がしでかしたことだ、と言われるのですか」

「分かりません」

真夏が首を振った時、橋を渡る足音が聞こえて来た。北町の同心が駆け付けて来たのだろう。伝次郎は、裾《すそ》を叩《はた》いて立ち上がった。


その頃一色喬太郎は、雉子町の通りを横切り、一色家の非常門の前に着いたところであった。喬太郎はちらりと非常門に目を遣りながら通り過ぎると、表門に向かった。

辻斬りを行う時は、非常門から抜け出し、またそこから屋敷へ入るのを常としていた。開き門の隙間《すきま》に小柄を差し込み、閂《かんぬき》に刺し、少しずつずらす。閂の始末は簡単なことであった。

不用心なものよ。

表門の潜り戸を拳で叩いた。今夜は南町奉行所の内与力と飲む、と伝えてあるので、帰宅を待っていた門番が直ぐに戸を開けた。

玄関から表書院脇の廊下を進み、奥へ入り、更に静まりかえった廊下を三度折れて、自室の前に出た。明かりが灯《とも》っている。

用人の古谷理左衛門《ふるやりざえもん》が待っているはずであった。

首尾を果たしたことは、《磯辺屋》を出たところで知った。明かりが灯っているのは、無事に帰っている証でもあった。理左衛門は、一色家に仕える譜代の用人のひとりで、喬太郎が元服してからは、嫡男付きとなっていた。

喬太郎が障子《しょうじ》を引き開けると、理左衛門が膝をずらして頭を下げた。いついかなる時も同じように振る舞う律儀さは、嫌いではなかった。

「上手くいったようだな」着座しながら言った。

「はい」

「済まぬ。許せ」喬太郎は瞑目《めいもく》して見せた。

「何を仰《おお》せになられます。それより、小牧様はいかがでございました?」

「壮一郎だけではなく、同心と一ノ瀬真夏という女武芸者も一緒であった」

「では？」

「やはり、柳原で斬った後の姿を見られていたらしいな。さもなければ、付いて来るはずがなかろう」

「すると、今夜の殺しで」

「私ではない、と思ったであろうよ」

「ようございました」

「其の方のお蔭《かげ》だ」

「これを機に、もう辻斬りなどは絶対にお止《や》めくださいますようお願いを申し上げます」

「分かっている。此度《こたび》のことで、目が覚めた。肝《きも》に銘《めい》じよう」

「実《まこと》でございますか」理左衛門が安堵《あんど》の息を漏《も》らした。

「私の不始末で一色の家を潰《つぶ》す訳には参らぬからな」

「その通りでございます。だからこそ、私は……」

「首を落としたようだが、どうであった？　上手く斬れたのか」

「はい。お教えいただいたように、擦れ違い様に腹を斬り、前屈みになったところを。まさか、私に首が落とせようとは思いもいたしませんでしたが、何とか首尾を果たすことが出来ました」

「鍛えた首を斬り落とすには技が要るが、若く細い首なら落とせると思うたのだ」

「その通りでございました」

「どうだ、斬ってみると、意外と呆気《あっけ》ないものであったろう？」

「喬太郎様」理左衛門が僅かに膝を寄せた。「もう一度、お伺いいたしますが、本当に辻斬りはお止めいただけるのでございますね？」

「くどいぞ、理左衛門。やらぬと言ったら、二度とやらぬ」

「失礼を申し上げました」

「うむ、疲れたであろう。休むがよいぞ」

理左衛門の足音が廊下から消えた。

喬太郎は行灯《あんどん》の光に背を向けると、右の手を斜め上に上げた。目の奥に、白いうなじが見えた。刀を振るうがごとくに、右手を鋭く斬り下げた。目の中で、首が胴と離れて床に落ちた。

翌四月二十四日。

伝次郎は真夏と鍋寅らとともに、堀江六軒町の《岩槻屋》を訪ねた。

主《あるじ》は八丁堀の同心と見て怪訝《けげん》な顔をしたが、昨日一色喬太郎と落ち合った同心だと思い出してからは、俄に口が動くようになった。

「あれから御酒を？」

「飲んだ。その折、研ぎに出すならこちら、と言われたものでな、改めて挨拶に参ったという訳だ」

「それはどうもありがとう存じます」

「一色様の御屋敷からは研ぎの仕事が入るのかい？」

「はい。暫く江戸を離れておいでだったのでございますが、またお戻りになられたので」

「差《さ》し支《つか》えなかったら、昨日来た用向きを話してはくれねえか」

「納戸から出て来た古い刀の研ぎを承りました」

「刃こぼれは？」

「そのようなものはございませんでしたが」

「以前のことだが、刃こぼれのあった刀を研ぎに出したことは？」

「何をお訊きになりたいのか存じませんが、そのような差料をお預かりしたことは、ただの一度もございませんですが」

「そうかい。分かった。そのうちに、一振り持って来るから、研ぎを頼むぜ」

これ以上訊いて、一色家に言い付けられるといけない。引き上げることにした。

《岩槻屋》を辞した足で親父橋の方へと歩いていると、鍋寅が脇に寄って来て、どちらへ、と尋ねた。

「伊勢町に研ぎ師仲間の差配《さはい》がいただろう。奴から江戸中の研ぎ師の名を聞いて、当たるんだ。人を斬った刀だ。必ず研ぎに出しているはずだからな」

しかし、一色家の刀を研いだ研ぎ師は見付からなかった。

六日が過ぎた。

四

四月三十日。六ツ半（午前七時）前。

組屋敷の木戸が開き、足音がふた手に分かれた。ひとつは玄関に向かい、もうひとつは菜園を回る飛び石を蹴って伝次郎のいる離れへと向かっている。伝次郎は顔を洗う手を止め、耳を澄《す》ました。

「お早《はよ》うございやす」鍋寅の声だった。

「朝っぱらから、どうしたい？」

伝次郎は水を張った桶の前に立ったまま、怒鳴るようにして訊いた。

「また辻斬りでございます。今度はお武家で」

場所は亀井町《かめいちょう》の竹森《たけもり》稲荷近くだと言う。

「やはり首を斬り落とされていたのか」

「ところが、袈裟懸《が》けにばさりと殺《や》られていたって話で」

「誰から聞いた？」

馬喰町の丑之助の手下が知らせに走ってくれた、とのことだった。

「分かった。着替えたら、直ぐ行く」

桶の水を流しに捨てていると、玄関が開き、正次郎の声がしている。茶を淹れたから飲んでいてくれ。朝餉《あさ》はまだだろう。今握り飯を作っているから、食べていってくれ。遠慮しようとしている鍋寅らに、新治郎が、そう言わずに、と勧めている。新治郎の一声で話は収まったらしい。着替えを済ませてゆくと、正次郎まで盆の前に正座して食べている。

「何で、お前まで」

「今朝炊《た》いたご飯はみな握ってしまったので、先達も握り飯だそうです」

「そういうことか」

伝次郎も握り飯ひとつを味噌汁《みそしる》で流し込み、正次郎に詰所に寄って事情を話し、一刻程出仕が遅れると伝えるよう頼み、組屋敷を飛び出した。

朝五ツ（午前八時）に竹森稲荷に着いたが、死体は片付けられており、北町の同心も引き上げていた。

「北の奴ら、今朝はやけに早いじゃねえか」居残っていた丑之助に訊いた。

「直ぐそこの岩本町《いわもとちょう》で町木戸が開くのと同時に捕物がありやして、その帰り道に知らせの者が出会《でくわ》したって寸法で」

「捕まったのは、誰なんでぇ？」

「二人組の空き巣とか」

「そんなところだろうぜ」

伝次郎は、ちっと舌打ちすると、殺された武家の身性は割れたのか、訊いた。

「お旗本のご家来らしいと漏れ承りましたが」

「どうして、そこまで分かったんだ？」

「何やら書き付けをお持ちだったとか」

「名は、覚えちゃいねえか」

「一色様のご家中としか……」

「何ぃ」伝次郎の声に、丑之助が驚いて飛び退《の》いた。

「他に分かっていることは？」

「年格好くらいなもんで」

幾つくらいなのか、訊いた。五十を出たくらいでしょうか、と頼りなかったが、二十でもなく、七十でもないと分かっただけいい。

ここにいてもどうにもならない。奉行所に戻ることにした。北町からの回覧を盗み見るためである。

「何かあった時には、また頼むぜ」

丑之助の手に再び過分な心付けを握らせ、出職《でしょく》の者が行き交う町屋の通りを奉行所に向かった。

伝次郎は、閉じられた大門の裏で手持無沙汰にしていた門番に、土産《みやげ》だ、と帰路に買った餅《もち》を渡し、北町の使いが来たら知らせるよう頼み、玄関に進んだ。

何も言い出さないのに、筆と紙ですか、と当番方の同心が訊くので、気が利くと褒めてやり、小牧壮一郎への使いも頼んでやった。楽に生きる方法はただひとつ。如何《いか》に他人《ひと》を使うか、だ。

昼四ツ（午前十時）になって小牧が詰所に来た。

朝の一件を話すと、流石《さすが》に声が出ないでいる。出ない声を出させるのも、同心の仕事だ。

喬太郎の近くにいる者で、五十くらいの者に心当たりはないか、尋ねた。

「どうしても、喬太郎だと思いたいのですね」

「それが事実だからです。今、この時期に一色家の者が殺されたんですよ。一色様の何かを知ってしまった近くの者、と考えるのが普通ではないですかな」

反論出来ないのか、考えている。

「もしかすると、古谷理左衛門ではないでしょうか。もしその者だとすると……」

詰所に駆け寄って来た足音が止まり、門番が戸口から顔だけ入れて、おいでです、と言い、戻って行った。

「北町だ」

伝次郎の後に、小牧と真夏と鍋寅らが続いた。

北町の使いから当番方に渡った回覧に、伝次郎が手を伸ばそうとすると、北町の使いが立ち止まって見ている。伝次郎の傍《かたわ》らにいた小牧が、ご苦労であったな、と言った。

「私は内与力の小牧壮一郎だ」

内与力の権威は絶大で、使いの者が低頭して戻って行った。

「読んでおくんなさい」鍋寅が責付《せっつ》いた。

「殺された刻限は、『昨夜の夜四ツ（午後十時）過ぎ。袈裟懸けに一太刀』。殺されたのは、『神田御門外作事奉行・一色豊前守に仕える用人・古谷理左衛門。五十三歳』だそうだ」

伝次郎は回覧を小牧に手渡すと、詰所へと歩き出した。小牧は、手にした回覧を食い入るように読んでいる。鍋寅らは、伝次郎と小牧を交互に見てから、伝次郎の後を追った。

遅れて詰所に入って来た小牧に、先程何を言い掛けたのか、と伝次郎が尋ねた。

「理左衛門は、喬太郎が元服した時から付いている用人で、喬太郎の身の回りのすべてを知り抜いている者だと聞いています……」

「それが殺されたということは？」

「辻斬りを知られたための口封じとしか、考えられません」

いや、と小牧が拳を唇に当てた。そんなはずはない。そんなことがあって堪《たま》りますか。あいつの剣には、曇りなど……。

胴が打てなかったことを思い出したのだろう。小牧が言葉を切った。

鉄瓶の湯が沸《わ》いたのか、煮立ち、吹きこぼれている。近も身動き出来ずにいるのだ。真夏が近を目で促した。竈《かまど》から下ろしたのだろう、吹きこぼれる音が止まった。

それに合わせるように詰所の引き戸が開き、先程の門番が再び顔を覗かせた。

「北の奴、また来たのか」

「いいえ。今度は、別の用でございまして、こちらに小牧様はまだお出ででしょうか」

非番で大門が閉まっているので、玄関前の動きを見ていたのだろう。立ち上がった小牧に言った。

「訪ねて来られた方をご案内いたしました」

門番の後ろに、年の頃は二十一、二の武家の娘がいた。門番が身を引くと、礼を言ってから敷居を跨ぎ、伝次郎らに丁寧《ていねい》に頭を下げた。立ち居振る舞いに品がある。鍋寅が、ぽかんと見蕩《みと》れている。

「私が小牧壮一郎ですが」小牧が、一歩進み出て言った。

「初めてお目に掛かります。私は一色家の用人・古谷理左衛門の娘で峰《みね》と申します」

詰所の中が静まり返った。峰は手にしていた袱紗《ふくさ》を少し持ち上げると、

「父の身に万一のことが起きた時には、小牧様にお手渡しするように、と父から文《ふみ》を預かっております。それをお持ちいたしました」

「私に、ですか」

「はい。喬太郎様をお諫《いさ》めいただける唯一のお方だ、と父が書き遺しておりました」

「お諫め、と仰しゃいましたか」

「申しました」

小牧と峰の目が絡《から》んだ。

「早速拝見します。どうぞ、お上がりください」座敷に上がりながら、近に言った。「茶を頼みます」

近から盆に載せた茶碗を受け取った伝次郎が、峰の膝許に置いた。

文を読み終えた小牧が、伝次郎に手渡した。伝次郎と河野が頭を寄せるようにして読んでいる。

何が書かれているのか。鍋寅と隼と半六が知りたくて焦《じ》れている。

「辻斬りは、やはり喬太郎であった」小牧が言った。「古谷殿はそれに気付き、何度も諫めたらしい。峰殿の前だが、柳原土手での一件の後、真夏殿に姿を見られたと思い、喬太郎から疑いを逸らそうと、栄橋での手代殺しを引き受けたのだそうだ」

「申し訳ございません」峰が手を突き、顔を埋《うず》めた。

「その時に、今度こそ辻斬りは止めると誓ったのだそうだ。だがまたしても喬太郎が夜陰に紛れて出掛けたのに気付いた古谷殿は、もはやこれまでと思い定め、たとえ主殺《しゅうごろ》しとなろうとも喬太郎の愚行を止めさせようと、用意しておいた文を遺し、喬太郎の後を追ったのだな」

「父は何も話してはくれず……文箱の中に文が二通置いてあるばかりでした。一通は母に宛《あ》てた遺書、もう一通が小牧様への文でございました。私どもは遺書ですべてを知りました……」峰が言った。「喬太郎様に、これ以上罪を重ねさせてはいけない。何としても止めさせてくれ。そのためには、文を小牧様にお見せいたせ、と書いてございました……」

暫しの躊躇《ためら》いの後、峰が再び口を開いた。

「このようなことは申し上げづらいのですが、何もご存じない大殿様のことを思うと、父も断腸の思いであったに相違ありません。何卒格別のご配慮を持ちまして、一色の名を出さぬように処分することは出来ませんでしょうか」

「殺された者の中には、首を落とされるとは何たる不覚、と家名を断絶させられた者もいると聞いております。それは、お引き受け出来かねます」伝次郎が言った。

「分かりました。虫の良い願いだとは重々承知いたしております。辻斬りをお止めくださるだけで結構でございます。そろそろ戻らなければなりません。母がひとりで心細がっておりますでしょうから」

「失礼だが、この文が公になった場合、峰殿の御家や峰殿ご自身にも沙汰がくだされると思いますが」

「名を残すようなお家ではございませんので、何卒捨て置かれますようお願い申し上げます。母と私がどこかにお預けになろうと、それで父や喬太郎様のしたことを償えるとはとても思えませぬ」

峰の覚悟の程が窺われた。

お屋敷の近くまで送りましょう。真夏が言った。峰は、無理に拒《こば》もうとはせず、静かに頭を下げた。

峰と真夏が詰所を出ると、河野が鍋寅らを座らせ、文の内容を話し始めた。

「古谷殿が、喬太郎が夜中に非常門からこっそり戻って来るのに気付いたのは、江戸を発《た》つ二年前のことだそうだ。納戸に仕舞ってある刀を調べたら、血糊《ちのり》を拭った痕があり、刃こぼれもしていた。問い詰めたところ、辻斬りを認め、二度としないと誓った。それで、一色の名を出さず、秘かに刀を研ぎに出し、後始末に奔走《ほんそう》した。江戸を離れれば、と思い、一旦は胸に収めたが、京でも殺しを行った。再度諫めると、また二度としないと誓った。寺で参禅させるなどして、一色家の者らからは遅れて、今年の三月の末に戻った。それからは大人しくしていたので、治ったかと喜んだのも束《つか》の間、今月に入り、また始めた、と書いてある」

「どうして辻斬りを？」隼が訊いた。

「最初に、ふと首を斬り落とせるものか、と試しに町人を斬ってみたが、なかなか難しいと知り、それで病み付きになったらしいな。寛政五年の白旗稲荷での手代殺しの一件だな」

「そんな勝手な」隼と半六が声を揃えた。

「勝手な奴だから、辻斬りなんてことをするんだ」伝次郎の声は怒気を帯びていた。

「これからですが、どういたしやしょう?」鍋寅が訊いた。

「証はあるんだ。と言っても、用人の乱心だと言われればそれまでだからな。喬太郎を見張り、辻斬りするところを押さえるしかあるめえ。見張りが発覚して何か言われても、古谷殿の文があるからこっちにも言い訳は立つ」

「分かりやした。四軒町か雉子町で見張り所になりそうなところを探しやしょう」

「頼むぜ」

そこに正次郎が、ひょっこりと詰所に入って来た。

「やあ、皆さん、お集まりですね」

今朝の辻斬りの話を聞こうと、詰所を覗きに来たのは明白だった。伝次郎はしらばっくれて、訊いた。

「何か用か」

「そろそろ皆さんがお見えの頃かと思いまして。それに咽喉《のど》も渇いたので、近さんに茶を淹れてもらおうかと」

「太平楽《たいへいらく》が来たから出掛けようか」伝次郎が鍋寅らに言った。

「えっ」

「先ずは、見張り所探しだ」

「おおっ」と言って正次郎が目を輝かせた。「進展しましたね」

「あそこでしょうね」

鍋寅が目を付けたのは、雉子町の菓子舗《かしほ》《菊屋《きくや》》の二階であった。二階からは、一色家の非常門を望むことが出来た。表門は見えないが、どうせ辻斬りに出る時は、非常門を使うのである。

「決めるぜ」

《菊屋》に否やはなかった。それは、町方がいれば盗賊に襲われる心配がないという打算と、訴え事が起きた時のことを考え、町方との関係をよくしておきたいというふたつの打算から来た好意であった。

「ありがとよ。借りだからな」この一言で、湯をもらい易《やす》くなるのだ。

翌日から見張りに付いて、七日が経った。

五月七日。七ツ半（午後五時）。

前日までの雨は止んだが、雲が低く重い。辻斬りには打って付けの夜になりそうな気配だった。

「今夜辺りですかね」鍋寅が言った。

「におうな」

「餡《あん》を練《ね》ってるんですかね」半六が言った。甘い香りが階下から立ち上ってきていた。

「餡作りは朝一番の仕事だ。こんな刻限に練るか」鍋寅が剣突《けんつく》を食わせた。

「そうですかねぇ」半六が口を尖《とが》らせている。

「仕方ねえ。飯にはまだ間があるから、人数分、下で何か買ってこい」

伝次郎が一朱金《いっしゅきん》を渡した。隼が行きたそうにしている。

「半六だけじゃあ、何選ぶか分からねえ。見てきてくれ」それとな、と伝次郎が言い足した。「若いのはひとつじゃ足りねえ、二個ずつにしとけ」

隼の顔が、十八の娘になった。

間もなくして半六と隼が戻って来た。ふたりともいそいそとしている。

菓子盆に、色とりどりの菓子が並んでいた。

「見事なもんでやすね」

鍋寅が窓辺から顔を離した。

「おいおい、しっかり見ててくれよ」

と見張りを続けるように言い、伝次郎は向きをくるりと変え、菓子盆を眺《なが》めた。道明寺《どうみようじ》と、求肥《ぎゆうひ》で餡を包んだものと、羊羹《ようかん》だった。

「道明寺ってのと求肥ってのは、どこがどう違うんです？」半六が訊いた。

「見りゃ分かるだろう。飯粒のようなのが、道明寺だろうが」鍋寅が言った。

「よおく聞いとけよ。糯米《もちごめ》を蒸して乾したのが道明寺糒《ほしい》。それを粗《あら》く挽《ひ》いたのが道明寺だ。求肥ってのも糯米なんだが、水に晒す、干す、砕《くだ》くを繰り返して粉にした白玉粉を、蒸して、砂糖と水飴《みずあめ》を加えて練ったのが求肥だ。分かったか」

「どっちも糯米なんですね」

「生まれは一緒で、育ちが違うってとこだな。てめえはどっちを食うんだ？」

「両方です」

「だったら、食べてから訊け」

暮れ六ツ（午後六時）を大分過ぎた頃――。

真夏と正次郎と染葉が、小牧を伴い、握り飯と煮物を携えて見張り所に現れた。

「詰所にいらっしゃったので、お誘いしたのだ」染葉が言った。

「それはよかった。俺と鍋寅の勘では、今夜辺りだと睨《にら》んでいるんですよ」

「そうですか……」小牧の声が沈んでいる。

「小牧様」と真夏が言った。「一度父に聞いたことがございます。人を斬ると病み付きになると言うが、それを避けることは出来るのか、と。斬らぬことだが、剣客として生きるなら斬ることは避けられぬ。では、どうしたら病み付きにならずにいられるのか。悔いるのだそうです。悔いて悔いて、そして忘れるのです。一色様は、悔いることも、忘れることも、出来なかったのでしょうね」

「父上は立派なお方なのですね」

そんな体裁のいい男ではない。暗がりで待ち構え、襲って来た奴原《やつばら》の手足を手当たり次第に斬った男だぜ、と言いたかったが、いい雰囲気になっているふたりに水を注《さ》すことはない。伝次郎がむずむずしながら控えていると、染葉が、痒《かゆ》いのか、と訊いた。染葉もむずむずしているのかと思うと、心が落ち着いた。

階下で湯をもらい、茶を淹れて握り飯を食っているうちに夜が更けていった。

宵五ツ（午後八時）を回り、五ツ半（午後九時）を過ぎた頃、一色家の非常門が細く開いた。気付いた隼が畳を指先で突いた。

出て来たか。伝次郎が目で訊いた。

隼が頷いた。

「行くぞ」

伝次郎と真夏と鍋寅が先に下り、染葉と小牧、正次郎と隼、そして半六が十五間（約二十七メートル）の間合を取って続いた。

喬太郎は雉子町から三河町に移る手前で、提灯に火を灯した。火種を持ち歩いているらしい。そのまま急いだ風もなく、南に向かって歩いている。真っ直ぐ行けば、鎌倉河岸に出ることになる。時折、町木戸が閉まる前にと、家路を急ぐ者と擦れ違うが、喬太郎の足取りに変わりはなかった。恐らく、襲う刻限と場所をあらかじめ決めているのだと思われた。

鎌倉河岸に出たところで東に折れ、竜閑橋を右に見て通り過ぎ、神田堀沿いに進んでいる。

乞食橋《こじきばし》に差し掛かったところで、南を望み、暫く足を止めた。乞食橋の先には、喬太郎が初めて辻斬りをした白旗稲荷がある。

喬太郎の足が動いた。橋を渡らずに、東に向かっている。

伝次郎は鍋寅に、もう少し間合を開けるように言い、後続の染葉らにも伝えた。尾行の列が長く延びた。

喬太郎の向こうから、提灯の明かりと人影が見えた。人影はふたつで、話し声が切れ切れに聞こえてくる。喬太郎と擦れ違った。喬太郎の提灯の灯《ひ》がゆらりと揺れながら遠退いて行く。

ふたつの人影が、暗がりにいる伝次郎らに気付き、足を止めた。

伝次郎が咄嗟に十手を取り出し、立ち去るように振った。ふたりの足が俄に早まった。

喬太郎に気付かれた様子はない。尚《なお》も、進んでいる。神田堀の向こうに小伝馬《こでんま》町《ちょう》の牢屋敷《ろうやしき》が見えた。暗い練塀《ねりべい》の上に牢獄が黒い塊《かたまり》となって覆い被さっている。喬太郎は立ち止まり、牢獄を凝《じ》っと見詰め、思い直したように足を踏み出した。小伝馬上町、亀井町と過ぎ、橋本町に入ったところで北に向きを変えた。軒を並べている町屋を抜ければ、柳原の土手に出る。四月に入ってからの殺しは、十一日が土手と向かい合う郡代屋敷脇の藪で、十九日は土手の藪の中である。つまり、土手とその近くで続けて首を斬り落としていることになる。

まさか、また柳原土手の辺りで殺ろうとしているんじゃあるめえな。

喬太郎の歩みに迷いはなさそうだった。細かく折れ曲がりながら、柳原土手へ向かっている。

その気かよ。

伝次郎がぐいと顔を突き出した時だった。二十間（約三十六メートル）程先にいた喬太郎が、突然振り返り、戻って来た。

気付かれたのか。伝次郎らは呼気を止め、お店の看板の陰に身を潜《ひそ》めた。杞憂《きゆう》であったことは直ぐに分かった。喬太郎は、伝次郎らの隠れている店の五間（約九メートル）手前で路地に折れたのだ。

喬太郎の目が見えた。青白く光り、何かに憑《つ》かれているように、血走っていた。

伝次郎が真夏と小牧を見た。

「形相が変わっておられました」真夏が言った。

「喬太郎ではない」

ふたりとも、息を呑《の》んでいる。

「獲物を見付けたんだ。止めなければ」

小牧と真夏が頷いた。

伝次郎らも路地に折れ込んだ。路地は狭く、せわしなく曲がり、西へと続いていた。獲物の先回りをし、待ち伏せようとの魂胆《こんたん》であるらしい。三人は、喬太郎の気配を探りながら、急いだ。背後から染葉らが追い付いて来る。

路地が次第に真っ直ぐになり、先が柳原土手の闇になった。しかし、喬太郎の姿は見えない。

どこだ？

伝次郎の袖《そで》を真夏が引いた。真夏が指さす先を見た。喬太郎が古着屋の床店《とこみせ》の陰に隠れていた。火を消した提灯が足許近くに捨てられている。

東の郡代屋敷の方から、提灯の灯がゆらりと揺れながら近付いて来るのが見えた。提灯の位置が低い。足許を照らしているのだ。物騒だから急ごう、とも、町方は何をしているのか、とも話す声が聞こえる。商家の手代と主のふたり連れであるらしい。

間合が徐々に詰まって行く。喬太郎が左手で鞘《さや》を握り締めた。飛び出しざまに、手代を斬ろうとしているのだ。伝次郎は喬太郎の呼気と己の呼気を合わせた。

間合が四間（約七メートル）を切った。喬太郎が大きく息を吸い、止めた。刀の柄がぐいと下がり、右足が浮いた。右の手が刀の柄に掛かった。床店の陰がぐらりと揺れた。

「待て」伝次郎が叫びながら飛び出した。「それまでだ」

喬太郎の足が釘《くぎ》で打ち付けられたように止まった。提灯の動きも、町人の口も、凍り付いている。

小牧が伝次郎の横に並び出た。真夏は町人に駆け寄ると、南町の者です、離れなさい。強い口調で命じた。町人が喚《わめ》き声を上げながら逃げようとし、進み出て来た染葉らの後ろに回った。

「喬太郎、言ってくれ。貴様に何があったんだ」小牧が叫んだ。

「………」喬太郎が伝次郎らを見回した。

「なぜ辻斬りなどしたのだ？」

「訳など分からぬし、分かりたいと思ったこともない。ただやたらと気持ちがよかっただけだ」

「駄目だ、こいつは」

一歩前に踏み出そうとした伝次郎を小牧が止めた。

「私に任せていただけませんか」

「しかし……」

真夏に目で訊いた。真夏が頷いた。

「分かりました。任せましょう」

伝次郎の言葉に合わせて、小牧と喬太郎を残し、遠巻きに下がった。

ふたりが刀を抜き合わせた。

「大丈夫、なんで？」鍋寅が伝次郎に訊いた。

「分からねえこと、訊くな」

正眼で相対したふたりの剣が、数合斬り結んだ後、左右に離れた。竹刀と違い本身の刀である分、双方とも慎重になっているのだ。剣友としての過去を引き摺《ず》っているのかもしれない。

「ともに一度ずつ勝機を逸《いっ》しました」真夏が言った。

「ってことは、喬太郎にも心は」

「残っておりますね」

真夏は、三歩程ふたりの方に歩み出ると、足を止め、言った。

「一色様、あなたのしたことで一色の御家は断絶となるでしょう。その覚悟でしたことならば、最後まで見苦しくとも足掻《あが》きなさい。友を斬りなさい。屍《しかばね》を踏み越えて逃げなさい」

喬太郎が、肩で息をしながら小牧を見た。小牧も見返している。

「小牧様、一色様の友であるのなら、躊躇うことはありません。あなたの手で引導を渡してやりなさい。ふたりとも何のために剣を学んで来たのです。己を追い詰め、鍛え上げるための剣ではなかったのですか。泣きながら剣を持つことなど、私は許しません」

真夏は言葉を切ると、ふたりを見詰めた。

「壮一郎」と喬太郎が叫んだ。「右半分じゃ足りぬ。俺が左半分ももらうぞ」

「やらぬ。小指一本、毛の一筋もやらぬ」

「死ね」

突然喬太郎が、間合に飛び込み、喚きながら上段から斬り下ろした。その懐を掻い潜るようにして小牧の剣が、喬太郎の胴を薙《な》ぎ払った。一瞬で勝負は付いた。

「喬太郎」小牧が叫び、駆け寄った。

膝から落ちた喬太郎が、首を前に差し出した。

「介錯を」真夏に言った。

「私は同心です。介錯人ではありません」真夏は、喬太郎の脇に片膝を突くと、言葉を続けた。「ですが、一色様に一言言っておきます。あなたは外道のような振る舞いを重ねてきましたが、最後の最後で人としての己を取り戻したようです。それを喜びます」

喬太郎の頬が微かに歪《ゆが》んだ。笑みを見せたのだろう。」鍋寅が伝次郎に訊いた。

「剣の腕は喬太郎の方が上だった私は勝たせてもらったのだ。真夏殿はそのことを言っているのだ」

「そうなんで？」鍋寅が、今度は真夏に訊いた。

真夏に手を握られたまま、喬太郎が目を閉じた。

和泉橋の方から呼子の音が聞こえて来た。駆け付けて来る足音とともに、北町の御用提灯が揺れている。

「辻斬りでございます」

町人の主従が、提灯目掛けて駆け出して行った。

「これでは、峰殿には済まねえが、一色家の名は隠しようがねえな」伝次郎がぽつりと言った。

小牧が真夏に頭を下げている。

「真夏殿の言葉で、喬太郎は目が覚めたのだと思います」

「いいえ、その前から少しずつ覚め始めていたのではないでしょうか」

「どうして柳原で辻斬りを続けたかってことだな」伝次郎が言った。

「気付いてもらいたかったのかもしれませんね」真夏が言った。

「そう信じたいですな」

小牧の目から涙が溢れ、頰を伝って落ちた。

「旦那ぁ」と鍋寅が、小牧らに背を向け、伝次郎に小声で訊いた。「さっき一色様が、右半分とか左半分とか言ってましたが、ありゃ何のことです？」

「俺にも、さっぱり分からねえな」

真夏の頰が微かに赤らんだが、夜の闇の中では誰にも気付かれなかった。

第六話　浅蜊《あさり》の時雨煮《しぐれに》

一

五月七日。明け六ツ（午前六時）。

神田鍋町の寅吉、即《すなわ》ち鍋寅の家では、朝餉《あさ》を終えたところだった。

豆腐の味噌汁《みそしる》に切り干し大根と油揚げの煮物で、二膳の飯を食べた隼が、真夏と鍋寅の器も纏《まと》めて、手早く片付けている。

半六が茶を飲み干し、急いで流しに運んだ。椀を切り藁《わら》で洗っていた隼がひょいと受け取り、水で洗い流した。半六は、鍋寅の家ではなく、北新堀町《きたしんぼりちょう》の長屋で母親とふたりで暮らしていた。北新堀町からだと小網町、堀留町と通り、神田堀を越え、鍋町へ出、またほぼそっくり来た行程を戻らないと八丁堀の組屋敷には行けない。甚《はなは》だ無駄のようだが、それが手下というものであった。

戸締まりをし、裏から出て来た隼を待ち、鍋町を出、八丁堀に向かった。出《で》職《しょく》の者の姿もちらほらと見えるが、まだ少ない。居職《いじょく》の者で気の早いのが、戸を開け広げて仕事を始めている。

一日が始まろうとしているのだ。

「あっしはね。この朝って奴がでえ好きなんで。何かこう、いいことがあるんじゃねえかって気がして、わくわくするんでさあ」

ずいぶん前に鍋寅に言われた言葉が、真夏の耳に新鮮に甦《よみがえ》って来た。そう思って見ると、夜の間に下りて来た澄《す》んだ空気に包まれているようで、心持ちがすっきりとした。

そうだ、と真夏が思い定めたのは、江戸橋から海賊橋《かいぞくばし》を通り、八丁堀に入った時だった。偶《たま》には、ひとりで市中を歩いてみよう。そこで、「やらぬ。小指一本、毛の一筋もやらぬ」と言った小牧壮一郎の心をどう解釈すればいいのか、考えてみるのもいい。そうすべきかもしれない。

伝次郎に、ひとりで歩きたい旨《むね》を申し入れると、簡単に許しが出た。

「大したことは起きそうにねえし、起きたとしても隼親分と半六の兄ぃが付いていてくれるから大丈夫だろうよ」

伝次郎らは、まだ半分寝惚《ねぼ》けているような正次郎を殿《しんがり》にして、奉行所に出仕して行った。真夏は伊都と見送りを終えたものの、さてどうしたらいいか、と身を持て余してしまった。取り敢《あ》えず、行く当てがなかった。

「よろしかったら、お茶でもいかがですか」

「はい……」

伊都に言われるまま上がることにした。

考えて見れば、江戸に来てから、ずっと皆の後に付いて動いていたのである。知り人もいなければ、心安く上がる店もなかった。

「朝餉は？」

「食べて来ました」

「では、失礼して」

伊都は、真夏に茶を出すと、ご飯と味噌汁と煮物をのせた高足膳《たかあしぜん》を持って来、ひょいひょいと決められた手順のように迷わずに箸《はし》を伸ばし、食べ終えた。

「片付けてしまいますね」

「お手伝いいたしましょうか」

「いいんですよ。これくらい、手伝っていただく程のことではありませんから」

膳を下げたと思う間もなく、台所で水音が立った。

真夏は湯飲みを掌《てのひら》で包み、庭を見た。鍬《くわ》が出ている。畑が二畝《うね》程空《から》になっている。

洗い物を終えた伊都に、何か植えるのかと訊《き》いた。

「茄子《なす》の苗を、と考えていたのですが、別に今日でなくともよいのですよ」

「手伝わせていただけますか」

伊都の顔が弾《はじ》けている。

「よろしいんですか」

「何だか、急に土をいじりたくなったのです」

「あらぁ」伊都は胸の前で掌を合わせると、「では、着替えましょう」と言って、奥に駆《か》け込んでしまった。筒袖《つつそで》の小袖と裁着袴《たつつけばかま》を持って来、こちらへ、と障子《しょうじ》の陰に誘《いざな》われた。真夏が着替え終わった時には、伊都も裁着袴に身を固めていた。

足袋《たび》を脱ぎ、庭下駄《にわげた》に指を通し、庭に出た。伊都が裏から鍬を手に出て来た。

「茄子の苗を植えたことは？」

「いいえ」真夏が首を横に振った。

「畝をもう少し高くします。茄子は水をたくさんやらねばならぬので、流れ落ちる分だけ高くするのです。暑さにはよく耐《た》えてくれるのですが、土が乾くと駄目になってしまうのが、茄子なんですよ」

こんな具合です、と土を掻《か》き、畝に盛り上げた。

「茄子の苗には、水と日当たりと、よく育つよい土が要《い》ります。苗を植える穴は二尺（約六十一センチメートル）程空けないといけません」

伊都が講釈しながら、ここと、ここと、と言いながら、苗を植える場所を指で突いてゆく。

「昔から植えていらしたのですか」

「はい。母のしているのを見て覚えたのですが」

「私は門弟衆が皆お百姓だったので、出来たものをいただくばかりで」

「それでよいのですよ。人はそれぞれ知っているものが違う。だから、教え合ってゆけるんです。皆同じことを知っていたら、面白くありませんものね」

「伊都様は、先達《せんだつ》と同じようなことを仰《おっ》しゃいますね」

「あらっ」と言って伊都が口を丸く開けた。「似てましたか。あらっ」

「いけないのですか」

「実家に寄るとよく言われるのです。『近頃は、人が変わった』って。気を付けなければ」

頻《しき》りにひとりで頷《うなず》いていた伊都が、どうかしたのですか、と真夏に訊いた。

「何かあったのですか」

「いいえ。別に……」

「ならよいのですが。思い悩むのは、真夏さんに似合いませんよ」

「剣なら多少は自信らしきものもあるのですが、他のことになると。茄子の苗についてもよく知りませんし」

「だから、皆違うと話したでしょ。あなたが茄子の苗まで詳しかったら、私はどうなるのです？　それぞれの生き方をすればよいのです。そう思えばこそ、伝次郎、何するものぞ、と立ち向かえるのです」

今頃くしゃみしていますね。伊都は気持ちよさそうに笑うと、続きをしますよ、と言って鍬を使うように言った。

苗を植え、支柱を立ててから、序《つい》でに邪魔な庭木の枝を払っている間に、昼近くになってしまった。

「これと言って当てはないので……」

「でしたら、昼餉《ひる》をご一緒しましょう。いつもひとりなのですよ」

真夏を裏に導き、井戸で手足を洗わせると、これを飲みながら庭でも見ていてくださいな、と湯飲みを手渡した。

白湯《さゆ》にゆかりが落とされていた。紫蘇《しそ》の香がゆらりと立っている。一口啜《すす》ると、香が鼻に抜けた。気持ちがいい。

「美味《おい》しいです」

「でしょ。私の楽しみのひとつです」

普通、同心の組屋敷《いえ》には、と言いながら台所から出て来ては、煮豆を置いて引き返し、

「御用聞きの手下が詰めていたりするのですが」

こちらも摘《つま》んでくださいね、と塩昆布の小皿を出し、

「この二ツ森の家は、手下を下男代わりに使うのは好まぬ、という義父上《ちちうえ》の一声で、誰もいないのです」

私はもう慣れっこになっていますが、よく言われるのですよ。大変でしょ、

と。でも、慣れると、またいいものです。気を遣わずに済みますからね。また身軽に立つと、お代わりの茶を運んで来た。

「ご飯が炊《た》けたらいただきましょう」

「はい」

伊都がゆかりを落とした白湯を飲み、ああ、と言った。美味しい。

「私、昼間話したことがあまりないので、今日は楽しくて。話し過ぎましたか」

「いいえ。いいお話も聞けましたし、お手伝い出来てよかったと思っています」

「嬉《うれ》しいことを言ってくれたので、新茶ご飯をご馳走《ちそう》しましょう」

正次郎が五膳も食べたことがあるのだと言った。

「作るところを見ます？」

「はい」

「真夏さんは、気持ちのいい返事をなさいますね。気持ちのいい返事をする人は幸せになる、といいますよ」

「まあ。本当ですか」

「本当です」

二合の米は直《す》ぐに炊けた。

「では、これからですよ」

新茶を焙烙《ほうろく》で軽く煎《い》り、直ぐに下ろし、炊き上がったご飯に混ぜる。

「これだけ？」

「これだけです」

飯椀に盛り付け、厚揚げと大根の煮物とともに膳部にのせて廊下に運んだ。

「庭を見ながらいただきましょう。召し上がれ」

真夏は思わずご飯の香をかいだ。新茶の馥郁《ふくいく》とした香りが立ち上っている。一口食べ、目を丸くした。

「お茶だけで、この味が出るのですか」

「ご飯を炊く時に、先程摘んでいた塩昆布を入れたのです。塩と昆布で丁度いい味になったのですね」

「美味しいです」

「今日二度目になりますよ。その言葉を聞くのは」

「本当に美味しいのです」

「何だか正次郎と食べているようですね」

まさか昼餉まで馳走になるとは思っていなかった。真夏は礼の言葉を並べ、町に出てみることにした。

組屋敷から東に向かい、霊岸橋《れいがんばし》から湊橋《みなとばし》、崩橋《くずればし》と新堀川をコの字に渡り、行徳河岸に出た。さて、どちらに行くかと迷った末に、真夏は浜町堀へと向かった。

二

沖の中洲《なかす》から吹き寄せて来る潮風を心地よく浴びながら川口橋《かわぐちばし》を渡り、浜町河岸を北に上った。

堀の両側には大名家の上屋敷、中屋敷、下屋敷が並んでいる。大名屋敷が途切れる辺りに西に切れ込む堀がある。竈《へっつい》河岸である。その河岸を、杖を突きながらゆったりと歩いて来る老人がいた。武家の隠居であるらしい。腰に脇差《わきざし》を差している。中程にある煮売り屋で何か求めたのか、竹皮の包みを下げている。

真夏が老人に目を留めたのは、その老人の背後に湧《わ》いたふたつの人影のせいであった。腰に二本を差した浪人である。ふたりは目配せをし合うと、つと足を速め、老人との間合を詰めた。

叫ぼうとしたが、声が届いたとしても間に合わない。飛礫《つぶて》も遠過ぎる。近くに人は？　探したが、いない。さて、どうしたらよいか。思い倦《あぐ》ねた時、老人の歩みに目がいった。背後から迫る者に気付いている。腰も沈み掛けている。ただの老人の身のこなしではなかった。出来る。

抜刀したふたりが斬り掛かる間合を巧《たく》みに読み、杖で太刀《たち》を払い除け、浪人の顎《あご》を突き上げた。杖の動きが見えなかった。恐ろしい程に返しが速かったのだ。

老人は足許《あしもと》の浪人には見向きもせず、竹皮の包みを下げたまま浜町堀まで歩み来ると、堀沿いの道を北に向かった。

浪人は起き上がると顎を押さえ、首を振りながら立ち上がり、竈河岸を奥へと走り去って行った。奥に羽織《はおり》袴の武家がいた。武家は身を翻《ひるがえ》すと、浪人どもと物陰に消えた。追える距離ではない。真夏は堀を挟んでゆっくりと足を踏み出した。老人が何者なのか、気になったのである。

老人は千鳥橋《ちどりばし》を渡って堀のこちら側に来ると、真夏に横顔を見せながら橘町一丁目と二丁目の間の通りを東に真っ直ぐ進んで行った。急ぎ後を追い、角を曲がろうとして、真夏は足を止めた。角の向こうに気配を感じたのだ。

大きく通りに膨《ふく》らんで角を覗《のぞ》くと、老人がいた。

「何か」と、老人が問うた。「御用かな？」

真夏は尾《つ》けていたことを詫《わ》び、浪人を退けたところを見ていたのだ、と訳を話した。

「見事なお腕前に見蕩《みと》れてしまい、どなたなのかと思い、つい……」

「使いますな」

「いいえ。まだまだ修行の身でございます」

「女子《おなご》の身で、ようそこまで精進なされたの」

「過分なお言葉、痛み入ります」

「殺気はないが、尾けて来る。何であろうか、と考えておったのだ」

再び詫びる真夏に、付いて来るように言った。

「茶でも進ぜよう」

「ありがとうございます」

「何流を学ばれたのかな？」

「古賀流と申します。屋内の立ち合い向きであった古流の古賀流を、父が屋外での立ち合いにも適《かな》うよう独自の工夫を凝《こ》らしたと聞いております」

「御父上は、道場を？」

「はい。市中ではなく、甲州街道の下高井戸ですが、小さな道場を開いております」

「門弟の方は?」

「お百姓の方々です」

「それで、あの、聞きにくいことだが、暮らし向きは成り立つものなのであろうか」

「指南所のようなこともしたことがあったそうですが、畑の物には困りませんでした」

「御父上は、それで満足を?」

「うちの門弟たちは目がきらきらしている。それで十分だ、と。少し変わっておりますので」

「よい御父上ですな」

「はい、そう思っております」

真夏が笑って答えた。

老人は、通りの突き当たりを北に曲がった。横山同朋町と武家地を分ける通りである。

擦《す》れ違った町屋の者が、時折頭を下げて行く。

「出入りしていた商人《あきんど》だ」

老人は、ふたつ並んだ武者窓の前を通り過ぎると、開かれている表門からするりと中に入った。通りに面して、小ぢんまりとした道場が建っていた。

「道場は、訳あって去年閉め申した」

玄関の脇に中の口があり、その先に水口があった。

それぞれ、客用の玄関と、家の者用と台所仕事のための出入り口である。

「ひとり住まいにこの広さは、無駄の極みと言うべきだな」

老人は真夏に中の口から上がるように言い、己は水口に回った。

台所から老いた女の声がした。言葉遣いからすると、手伝いの者であるらしい。

「あんれ。遅かっただねえ」

老人がもそもそと答えている。浅蜊《あさり》の時雨煮《しぐれに》を買った、と言っている。あの竹皮の中身は、浅蜊であったのだ。竈河岸まで、またわざわざ買いに行ったのかい。ここらでも売っているって何遍《なんべん》も言っているのに、と言われ、生姜《しょうが》の量と煮上げ時の見極めが違うのだ、と言い訳をしている。老人が竈河岸へ出向いた訳が分かった。

真夏が台所に姿を現すと、手伝いの女が、あんれ、と声に出し、棒立ちになった。男か女か、迷っているものと見える。真夏は丁寧《ていねい》に辞儀をした。

「客人だ」と老人が言った。

「お茶を淹《い》れようかね」

「儂《わし》がやる。用が済んだら、帰ってよいぞ」

へい。婆《ばあ》さんは不満そうに返事をすると、飯は炊けている、と言った。

「味噌汁もあるからな」

「分かった」

「先生、ちゃんと食うだよ」

「分かったから、もう帰れ」

亭主にも手抜きせずに作ってやれよ、と言い返して追い出した。あれはセキと言ってな、亭主と青菜の振り売りをしていたのを、買うから序でに拵《こしら》えてくれ、と門弟衆の分まで大鍋で煮炊きさせている間に、いつの間にか、道場の賄《まかな》いをするようになり、今では儂の飯を作るようになっているのだ、と老人が、茶葉を急須に落としながら話した。

「人の繋《つな》がりとは面白いものだな。今では、倅《せがれ》夫婦とともに近くの長屋に越して来て、やたらと面倒を見てくれている」

真夏の膝許に湯飲みを置いた。礼をして手に取り、一口啜り、

「どうして道場を畳《たた》まれたのですか」

不躾《ぶしつけ》とは思ったが、老人に隠そうとする素振りがないので、尋ねてみた。

「年を取ったのと、後継に恵まれなかったのでな。潮時と思うたのだ。ここは広過ぎるのでな、そのうちどこかに引っ込むつもりでいる」

「お幾つになられるのですか」

「六十七になってしもうた」

「まだお若いではございませぬか」

「埒《らち》も無いことを」

伝次郎や鍋寅を見慣れている真夏には、それ程の年には思えなかった。それとも、八十郎や太郎兵衛を含め、永尋の方たちが尋常ではないのだろうか。

「父は七十一になりますが、まだ走り回っておりますし、門弟も指導しておりますよ」

「それは、すごいの……」

「いえいえ、先生も」と手伝いの女の物言いを真似て、先生、と呼んだ。「不逞《ふてい》の浪人を退けたところなど、学ばせていただきました」

老人は真夏を見詰めると、久し振りに道場に立ちたくなった、手合わせを願えるか、と訊いた。

「私の及ぶところではないかと存じますが」

「分かるのか」

「はい」

「それはよい。それが分かる御仁と立ち合いたかったのだ。参ろう」

老人は立ち上がると、道場へと続く廊下へずんずんと踏み出した。

真夏は左足から道場に入り、正面に一礼した。長く使われていなかったのだろう。埃《ほこり》が溜《た》まっている。

「済まぬな」老人が詫びた。

「先生は暫時《ざんじ》お待ちください。直ぐに拭《ふ》き清めます」

真夏は、袂《たもと》から皮紐《かわひも》を取り出し、襷《たすき》に掛けると、裏に回った。道場の造りはどこも似ている。どこに桶《おけ》があり、雑巾があるかは、探さなくとも分かる。手早く用意し、隅から拭き始めた。

よい床板だった。足裏が吸い付き、離れる。杉の心地よい感触であった。節目もなく、硬さも丁度よい。恐らく、相当の支援者がいたのだろう。

拭き掃除を終え、桶の始末をして来た真夏に、老人は深く礼をし、稽古《けいこ》が始まった。

老人の竹刀《しない》の動きは素早かった。浪人をあしらった時もそうだったが、ともかく太刀ゆきが速いのである。真夏は、面白いように小手や胴を取られた。ここまで完膚《かんぷ》無きまで打たれたのは、久し振りのことだった。

「悔《くや》しいか」と老人が訊いた。

「はい。悔しいことは悔しいのですが、敵《かな》わぬ相手と立ち合う。半歩でも近付こうとする。これ程楽しいことはございません」

「そうか。では、ここまでにしよう。汗を掻いたであろう」

老人の申し出を受け、替えの半襦袢《はんじゅばん》を借り、汗を拭《ぬぐ》い、着替えを済ませた。老人は台所で待っていた。どうやら、寝る時以外は台所を居室にしているらしい。使い勝手がよいのだろう。

「味噌汁と飯だけだが、付き合わぬか」

折角ですが、昼餉を摂《と》ったばかりだからと、味噌汁だけ馳走になることにした。

「それはよかった。あの婆さんの味噌汁はな、稽古の後は殊更《ことさら》美味《うま》いのだ」

「そのようなにおいがします」

土間に下りようとした真夏を止め、老人が椀に汁をよそった。浅蜊の時雨煮も小皿に出た。

「いつもは屑《くず》野菜とか持って来るのだが、手ぶらで来た時は、庭とか垣から葉を毟《むし》り、適当に刻《きざ》んで具にするので、最初は驚いたのだが、それが美味いのだ。敵わんな。生きることに掛けては、あの婆さんには到底勝てぬわ」

味噌汁の菜は持って来たものか、毟ったものか、よく分からなかったが、柔らかで、汁によく馴染んでいた。汁も濃過ぎず薄過ぎず、まことに美味い。時雨煮にも箸を伸ばした。味加減が絶妙で、こちらも美味い。

思わずほっこりと和《なご》んでいると、老人がそっと椀を置き、隠居の身ゆえ名乗る程のこともないが、と言って頭を下げた。

「浦辺安斎《うらべあんさい》と申す」

真夏も慌てて礼を返した。

「申し遅れました。一ノ瀬真夏でございます」

今の今まで名乗りもせずに道場に上がり、稽古をし、馳走にまでなっていようとは、気付きもしていなかったのだと、迂闊《うかつ》を詫びた。

「それ程に居心地がよかったとなれば、儂としても嬉しい限りだ」

味噌汁を啜る。やはり、美味い。再び、そう伝えた。

「今日の具も庭をうろついては、適当に葉を毟ったものだ。そのうちに、儂が庭の葉を全部食べてしまうことになるやもしれぬな」

笑い声が重なり、台所に響いた。

「よかったら、また稽古に来てくれぬか」

「こちらからお願いいたします」

「このように楽しい稽古はずっとなかったのでな。嬉しくてならぬのだ」

「私もでございます」

椀を片付け、道場を辞した時には、既に夕七ツ（午後四時）になっていた。

どうしようかと迷ったが、勝手に一日を使ってしまったのである。奉行所に顔を出すことにした。

その時に至り、「やらぬ」と言った小牧壮一郎のことを何も考えずに、一日を過ごしていたことに気が付いた。

笑いたい気持ちを抑え、よいでしょう、このままで、と心の中で呟《つぶや》いた。真夏は、そうした己を受け入れることにした。

詰所には見回りを終えた伝次郎らが集まり、茶を飲んでいた。どこに行ったのか訊かれたので、横山同朋町の道場に行き、浦辺安斎なる師から剣の手解きを受けていたことを話した。

「道場なんてあったか」伝次郎が鍋寅に訊いた。

「ございやした。道場主の名までは存じませんが、十年くらい前は門弟衆もたくさんいたように覚えています」

「あの先生なら見たことがございますよ」

と近が言った。近は、横山同朋町を通り過ぎた先の薬研堀《やげんぼり》埋立地の長屋で暮らしているので、奉行所への行き帰りに何度か見たことがあるのだそうだ。

「豆腐を買ったり、葱《ねぎ》を買ったりしているところしか見ていなかったのですが、ある時酔ったご浪人が商家の手代に絡《から》みましてね。あわやって時に、それこそひょい、と投げ飛ばしておしまいになったのです。そんな力、どこにあるのかと思わせるような小柄なお方なのですが、大したものでございました」

「幾つくらいなんだ？」伝次郎が真夏に訊いた。

「六十七だそうです。年を取ったようなことを仰《おお》せになるので、言ってやりました。私の父は七十一になりますが、まだ弟子と稽古をしていると」

「そういう時はな、今度からは俺を出せ。江戸市中を風のように走り回っている、とな」

真夏は笑みを浮かべて頷くと、また明日も訪ねてよろしいでしょうか、と問うた。

「何もねえしな。そんなに腕が立つお方なら、修行にもなるし、いいんじゃねえか」

「ありがとうございます」

真夏の顔が、真ん中から笑み割れた。

三

五月八日。

道場の床を拭き終え、稽古を始めた。安斎の動き、繰り出す竹刀の太刀筋を読み、躱《かわ》し、打ち込む。逆に躱され、小手をもらう。間合を計り、詰め、離れ、打ち込み、二合、三合と竹刀を交え、打ち込む。一瞬の隙《すき》を衝《つ》かれ、胴をもらう。

「もう一本」

仕掛けず、安斎を誘い、受けから竹刀を繰り出し、小手を狙《ねら》った。安斎の竹刀がしなり、真夏の右手甲に伸びる。竹刀が甲を捕らえる寸前、右手を柄から離し、安斎の脇《わき》を擦り抜け、同時に安斎の胴に竹刀を飛ばす。が、安斎は既に、竹刀の届かぬところに身を移していた。

「面白いことをするのう」

互いが飛び込み、上段から竹刀を振り下ろした。一寸の間合で切っ先を躱した安斎の竹刀が真夏の肩を捉《とら》えた。

「参りました」

「うむ」

稽古が終わった。真夏は汗に濡《ぬ》れた稽古着から小袖に着替え、台所に向かった。安斎は既に、ここと決めているのか、昨日と同じ場所に着座していた。

「僅か一日で、儂の太刀筋を読んだようだの。驚いたわ」

「それでも、とても敵いませんでした」

「いや。一年か半年の後には、そなたが上を行くかもしれぬ。そなたに手解きをした御父上が羨《うらや》ましくてならぬな」

深く礼をしている間に、セキが茶を運んで来た。渋《しぶ》い茶が、渇いた咽喉《のど》に心地よく下りてゆく。

「では、先生、飯は炊けたし、味噌汁も作っておいたで」

帰る、と言おうとしているらしい。

「秘密を聞いて参ります」

真夏は、つと立ち上がり、昨日味噌汁をいただいたが生まれて此《こ》の方《かた》飲んだ味噌汁の中で一番美味しかった、と褒《ほ》め、こつを教えてほしい、とセキに頼んだ。

「嫌だよう」とセキは照れていたが、先《ま》ずは下地《したじ》だね、と言った。「爺《じい》さんが大坂にいたことがあるから、煮干しを使うだよ。まだこの辺りでは少ないけどね。煮て下地を作る。そのまま具にしてもいいけど、おらは途中で取り出して食っちまうだよ」

「具の青物は、庭の葉だと聞きましたが？」

セキは両の手を振って笑うと、水口から外を見回して言った。

「何でもいいってこたぁないのさ。食える葉か、食えねえ葉か分からねえから、牛や馬が食っている葉を見ておくだよ。そしてな、爺さんに食わせて大丈夫なのを、おらも食うんだ」

セキが大口を開けて笑いながら真夏の肩を叩いている。真夏の顔も弾けている。

笑い声を収めたところで、セキが帰って行った。

「初めて聞いた話だ」と安斎が言った。「儂はあの婆さんに、もう十年も味噌汁を作ってもらっている。なのに、これまで亭主が大坂にいたことも知らなければ、味噌汁の作り方を尋ねようとも思わなかった。恐らく、門弟たちも同様のことと思う。儂は今、目眩《めまい》がする程驚いている。これは、どうしてなのか、とな。心のゆとりが、儂らにはなかったのであろうな……」

また明日も、稽古に来てくれるか、と安斎が言った。

真夏は、己が南町奉行所の永尋《ながたずね》掛《がか》り同心であることを告げた。安斎も永尋の存在は知っていた。

「あの、戻り舟と言われている……？」

「左様《さよう》でございます。私は戻り舟ではございませんが、父が定廻《じょうまわ》りをしていたので、末席に加えていただいている次第なのです。ですから、市中平穏の時は稽古に来られるのですが、何か起こるか、探索している時は、毎日来られるとは限らないのです」

「承知した。お役目第一と考え、暇《ひま》な時は覗いてくだされ」

味噌汁と時雨煮で安斎の相伴をし、奉行所に戻った。

大門を通ろうとすると、新治郎が捕方を連れて飛び出すところだった。

「いかがなさいました？」

「ご同道ください。急ぎますので、走りながら話します」

真夏の足も地を蹴った。

酒毒に冒《おか》された浪人が店の者をふたり斬《き》り殺し、尚《なお》も暴れているという知らせを自身番から受け、当番方の同心と駆け付けるところだった。

浪人は更にひとりを手に掛けていたが、四人目に斬り掛かったところを真夏に打ち据《す》えられ、お縄となった。

かなりの遣い手であった。道場にあれば、師範代になれるだけの器量があるだろう。恐らく捕方だけで向かったならば、もっと多くの斬死《きりじに》が出たはずである。

「お蔭《かげ》で助かりました」

新治郎の調べによると、剣の腕を評価してもらえぬ鬱憤《うっぷん》を酒で紛らせているうちに酒毒が回ったということだった。

真夏は重いものを呑《の》み込んだような気になり、新治郎や捕方と別れ、ひとりで奉行所に戻った。


それから二日は伝次郎の供をして市中の見回りをし、三日が経った十一日の昼、安斎の道場を訪ねた。

門から水口に回ると、中から話し声が聞こえて来た。来客がいるらしい。

「先生」と来客が大声を出している。「浦辺道場が消えて一年。惜しむ声は絶えません。私に秘太刀を伝授し、後継ぎにご指名ください。さすれば、父も道場の援助は惜しまぬ、と言うておるのです」

「其《そ》の方は、秘太刀を受ける器ではない。何度言ったら、分かるのだ」

「どこが悪いのですか」

「腕も至っておらねば、心根もまだまだだ」

「確かに、先生の足許にも及びません。しかし、私以上の腕の者は、いないではないですか。誰か継がせたい者でもおられるのですか」

「馬鹿なことを申すな。馬鹿と言えば、痺《しび》れを切らせ、浪人に身共を襲わせたであろう」

あの時のことが瞼《まぶた》に甦った。竈河岸の奥に羽織袴の武家がいたが、声の主があの武家なのだろうか。

「あれくらいのことで秘太刀を使うとでも思うたのか。愚《おろ》か者めが。恥を知れ」

動揺したのか、返答に詰まっている。

「何を仰せに」

ようやく、返す言葉を見付けたらしい。

「私は先生の剣が好きなのです。道場を栄えさせたいのです」

「今の其の方に継がせることは出来ぬ。帰れ」

「どうしても、でございますか」

「くどい」

人の気配が戸口に流れて来た。ふたりか、三人はいる。

真夏は戸口を離れ、下がった。

中から武家が出て来た。三人いた。先頭に立ち、憤然《ふんぜん》としていた武家が、真夏

に気付き、足を止めた。続くふたりが、戸口でつかえている。

「鷹取《たかとり》さん、どうしたのです……」

後続のふたりも、真夏に目を留めている。腰に二本を差した姿に、何と言えばよいのか、迷っているのだろう。

鷹取と呼ばれた男が、顔を背け、門へと足を速めた。後続のふたりも、それに倣った。

「見られてしもうたな」

戸口まで出て来た安斎が、門の方を見ながら言った。

「ご門弟の方々ですね」

「あれは、鷹取要一郎《よういちろう》と申してな。継げるものと思い込んでいたのであろうな。だが、見ての通りだ。あの者には済まぬが、とても後を継ぐ器ではない」

「…………」

「弟子を育てられなかったのは、儂の力が足りなかった証。受け止めねばならぬのだが……」

「先生、道場の掃除はお済みですか」

「いや、まだだが……」

「では、掃除をさせていただきます。そうしたら、今日は帰ります」

「そうか。頼もうか」

「はい」

真夏は台所の土間から上がると、道場に回り、隅から隅まで拭き清め、桶を片付け、雑巾を干し、水口から出た。安斎は、目を閉じ、凝っと座ったままだった。

いつもより、一回り小さく見えた。


五月十五日。

染葉の捕物の手伝いに加わったために、丸三日道場に行けない日が続いていたが、それも昨日で始末が付いたので、この日は道場に行く許しを伝次郎から得ていた。

見回りに出る伝次郎らを見送っていると、大門の手前で出会った小牧壮一郎と立ち話を始めている。何を話しているのかと見ているうちに話が終わり、伝次郎らはそのまま出掛け、小牧が詰所の方に来た。

「これから、稽古に行かれると伺いましたが」

浦辺安斎のことを手短に話した。

「まだ一本も取れないので、今日こそは、と思っております」

「それは見たいものですな」

「いらっしゃいますか」

「構いませんか」

「勿論《もちろん》です。但《ただ》し、稽古着か着替えをお持ちになった方が、よろしかろうかと存じますが」

では、ちと出掛ける旨《むね》、伝えて参りますので、詰所でお待ちください。直ぐに戻ります。小牧は走るようにして玄関の方へと消えた。

登城している御奉行が奉行所に戻られるのは、昼八ツ（午後二時）頃である。道場は横山同朋町。八ツまでなら、十分に戻ることが出来る。小牧は言葉通り、待つ間もなく小走りになって戻って来た。

並んで大門を出た。

小牧が改めて同行を許された礼を述べた。

「御礼を言うのはこちらだと思います。喜ばれますよ」

「私が行くのを、ですか」

「久慈派一刀流の元師範代という肩書きは、軽いものではございません」

「しかし、真夏殿が勝てぬ相手ですからな。いささか武者震いがいたしますな」

「ご覧になったら拍子抜けするかもしれませんね。手伝いの方に、『味噌汁もあるからな。ちゃんと食うだよ』などと言われているところは、好々爺《こうこうや》にしか見えませんから」

そうだ、と真夏が味噌汁の具の話をした。庭とか垣根という言葉が出る度に目を丸くしていた小牧が、本当に美味かったのか、と訊いた。

「嘘《うそ》のように美味しかったのです」

「それは試してみたいですな」

「多分、今日もあると思いますよ」

浜町堀を渡った。横山同朋町は間近である。

「ひとつ、申し上げておきます。恐れ入りますが、ご門弟衆がおられぬので、道場の拭き掃除から始めなければなりませんが、よろしいですか」

「長年、やっていましたから何でもないことです」

「では、ご一緒にお願いいたします」

そう言ったところで、竈河岸で浅蜊の時雨煮を買って土産にすればよかったと思い付いたが、遅かった。次にしよう、と言い聞かせている間に、道場の前に出た。

四

安斎は、台所にいた。セキがひとりで何やかやと話している。水口に立ち、挨拶をすると、おうっ、と言う声とともに、安斎が立ち上がった。

「よく来てくれた。詰まらぬ話を長々と聞かされておったのだ」

あれまっ、と言ってセキが鍋の蓋を乱暴に閉じている。安斎は少しも気にせず、入るように言い、小牧に気付いた。

小牧が名乗り、真夏が富沢町にある久慈派一刀流の道場の師範代であったことと、奉行所の内与力であることを伝えた。

「失礼をいたしました。そのようなところから……」

表に回るように言う安斎を制し、小牧が、

「私は一ノ瀬殿には敵いません。その一ノ瀬殿が敵わぬ浦辺先生に教えを乞《こ》うのです。こちらから上げていただくだけでも、勿体《もったい》ないことです」

「というお方ですので」

安斎が戸惑《とまど》っている間に、道場を清めてしまいましょう、と小牧に言い、真夏が奥へと向かった。小牧が付いて行く。

「先に稽古着に着替えてしまいましょう。小牧様はそちらで」

真夏の声が聞こえた。安斎は薄く小さくなった髷《まげ》を指先で摘み上げるようにしてから、後で茶を頼む、とセキに言い、頃合を見計って道場に続く廊下に出た。

ふたりは、道場の右隅と左隅に分かれ、床を拭き始めていた。午前の日が武者窓から斜めに射し、床板を明るく映し出している。

ふたりは腰を突き上げ、足で床板を蹴り、するすると滑《すべ》るように拭いていた。律動する身体《からだ》が、心地よく、楽しげであった。ふたりは道場の中央で擦れ違うと、またずんずんと拭き進んでいる。

安斎には見たことのない光景であった。

いや、と首を振る。ずっと以前、まだ己が何者でもなかった頃、道場に通い始めて間もなかった頃、道場の隅に座り、皆の稽古を熱く見上げていた頃、その頃は、己もまた、あのようにしていたはずだった。

ふたりは雑巾を絞ると、羽目板に移っていた。両の手に力を込め、雑巾を垂直に押し上げている。拭かれた跡が羽目板を浮き立たせた。

安斎は端座し、ふたりの手の先を、腰を、足を見詰めている。

ふたりはほぼ同時に拭き掃除を終えた。

「疲れました」と小牧が、真夏に言っている。

「はい？」

「若い頃は、これをつらいと思ったことはなかったのですが」

「拭き掃除が腰と腕の稽古に一番よいからと、子供の頃からずっとやってきました。道場に戻れば、今でも毎日やっています。お弟子の方々と、先を争うようにして、です」

真夏が歯を見せた。

「成程。そこら辺りが、真夏殿に敵わぬ点のひとつのようですな」

ふたりは桶と雑巾を片付け、改めて道場に入り、床に座った。

「では、先ず真夏殿と手合わせを願うかな」

安斎が竹刀を手に取った。安斎と真夏が一足一刀の間合で立ち、正眼に構えた。安斎の切っ先が、すっ、と下がった。真夏が足を僅《わず》かに引いた。安斎が切っ先を持ち上げながら、半歩寄せた。その瞬間を見定め、真夏の竹刀が伸び、安斎に迫った。二合打ち合い、体《たい》が代わった。安斎の竹刀が、今度はすっ、と三寸程上がった。対して真夏の切っ先が、二寸程下がった。ふたりの体が同時に飛び込み、互いの小手を叩いた。

「参りました」真夏が言った。

もし真剣であったならば、真夏は右手首を切られ、刀は虚空に流れただろう。

「小牧殿」と安斎が言った。

礼をして下がった真夏に代わり、小牧が一足一刀の距離に立った。安斎も正眼に付けている。小牧の切っ先が、安斎の切っ先を払う。その瞬間を狙い、安斎の竹刀が、小牧の竹刀を伝うように伸びる。小牧が下がる。安斎が追う。右に回り込んで逃れようとする。更に安斎が追う。苦し紛れに打ち込んだところで、小牧の胴が空いた。安斎の竹刀が、するりと伸び、胴を叩いた。

「もう一本。お願いいたします」

中央に戻り、再び構え合う。

小牧の竹刀が正眼を取った。安斎も正眼である。見詰め合うこと数瞬の後、互いが竹刀を振り上げながら踏み出した。間合が消えた。次の瞬間、ふたりの竹刀が垂直に下りた。小牧の竹刀が床に落ち、安斎の返した竹刀が小牧の胸で止まっていた。

「参りました」

「いや。こちらこそ堪能《たんのう》した。礼を申す」

安斎は真夏に、代わるように、と言った。

「ふたりの立ち合いを見せてくれぬか」

小牧が、今日こそ一本取らせていただきます、と竹刀を振って見せた。

「お望みを叶えられるとよいのですが」

「仰しゃいましたな」

小牧が正眼に構えた。真夏は脇構えである。

「うっ」小牧の目から笑みが消えた。

小牧の足指が、床板を摑《つか》むようににじり寄り、間合を詰めた。真夏は動かない。

小牧の足が止まった。じりとした時が流れ、小牧の竹刀が正面から飛んだ。脇構えから繰り出された竹刀を追うように真夏の身体が宙を舞い、伸ばした竹刀が小牧の肩を強《したた》かに捉えた。小気味のよい音が立った。

「見事」安斎が言った。

「まだまだ」

小牧の竹刀が、速度を上げた。太刀ゆきが鋭さを増した。唸《うな》りが起こり、空気が震えた。

「力の入れ過ぎです」真夏が、竹刀を躱しながら言った。

「構わぬ」小牧が応える。

「子供のようです」

「構わぬ」

「隙が生じます」

「ううっ」

　小牧の胴が鳴った。

「まだまだ」

　小牧が構え直した。

「はい」

　小牧の竹刀が宙を斬り、流れた。はっ、として身構えたところを真夏の竹刀が小手を捉えた。

「後、一本」

「はい」

　真夏は小牧の目を見詰め、小牧は真夏の目を見詰め、竹刀を出し、払い、打ち合わせ、飛び退いた。小牧の汗が飛んだ。きらきらと丸い玉になり、弾けて飛んでいる。その向こうに小牧がいた。小牧の小手を目掛けて、真夏の竹刀が飛んだ。躱そうとしたが、躱し切れずに、乾いた音を立てて小牧の竹刀が弾んだ。

「参りました」

「はい」

「今日も気持ちよく敗れました」小牧が言った。

「まあ」真夏は弾けて見せた後、頭を下げた。「ありがとうございました」

安斎が楽しげに笑い、頷いた。

「儂も、こんなに気持ちのよい稽古は、久し振りであった」

三人が道場の中央に車座に座り、手首の返しについて話していると、表から続く廊下に足音が立った。入って来たのは、鷹取要一郎であった。取り巻きの門弟は連れて来なかったらしい。

鷹取は、真夏と小牧を見ると、あからさまに眉をひそめ、また来ているのか、と呟き、顔を擦り、

「先生」と言った。「まさかとは思いますが、この者らに道場を継がせようとしているのではないでしょうね」

「戯《たわ》けたことを言ってないで、稽古をしたらどうだ？」

「どこに稽古をする道場があるのです？」

「今お前はどこにいる？　道場であろうが。確かに儂は道場を閉めた。だが、ここにいる。なぜ、後を継がせろと言う前に、道場に日参し、ひとりでも稽古をせぬ。言われなければ出来ぬのか。したくはないのか」

「相手が、おりませぬ」

「目の前にいるのは、案山子《かかし》ではないぞ。受けていただけ。真夏殿、済まぬが、叩きのめしてくだされ」

「某《それがし》は女と竹刀を交える程軟弱ではありません」

「其の方の竹刀が真夏殿の袖先を掠《かす》めでもしたら、継がせてやろうではないか」

「実《まこと》ですな。二言はなしですぞ」

鷹取は羽織を脱ぎ、腰の大小を抜き取ると、竹刀を手にした。

真夏と鷹取が道場の中央で向かい合った。

「参る」

鷹取の威勢がよかったのは、そこまでだった。打ち込めば小手を、胴を取られ、竹刀を払えば面を取られ、と瞬《また》く間に真夏の竹刀の餌食《えじき》になった。凡庸《ぼんよう》な者ではない鋭いところもあるにはあったが、だが、道場を継いだとしても、安斎の域に達することは到底出来ないだろう。

「それまで」

安斎が終わりを告げると、鷹取は尻から床に落ちた。肩で息をし、深く項垂《うなだ》れている。

「分かったか。それが、今の其の方の力だ」

先生、と鷹取が言った。悔しいです。

「それでよいのだ」

「先生は、いつぞや浦辺流には秘太刀があると仰しゃいました」

それがどうした？　安斎が突き放すように鷹取に言った。

「秘太刀を知れば、百戦すれど危うからず、とも言われました。今、お教えください。秘太刀さえ知っていれば、勝てます」

「愚か者めが、秘太刀だぞ。容易《たやす》く習得出来ると思うておるのか」

「しかし……」

「鷹取殿」真夏が言った。「焦ってはなりません。ですが、明日は勝てるとお思いなさい。そう思った者だけが、一段上の景色を見ることが出来るのです」

鷹取殿は幾つの時から剣を学びました？　私は物心付いた時から剣の道に入

り、それなりに腕を上げました。しかしこの世には、強い方はたくさんおられます。そのおひとりが先生です。私は赤子のように捻られております。でも、嬉しいのです。ここで学べば、また一歩進めると思うと嬉しくてなりません。

「鷹取殿も明日からまたお出でなさい。一緒に稽古をいたしましょう」

鷹取が、真夏から顔を背けた。

「今朝このおふたりが道場の掃除をしてくれた。明日来るなら、其の方がせい。来て、稽古をするのだ。秘太刀については、それからだ」

鷹取は立ち上がると、逃げるようにして大小と羽織を抱え、道場を出て行った。玄関から門に続く砂利が鳴っている。

「彼奴《あやつ》は、家禄が三千石を超える大身旗本の三男だ。なかなかに剣の覚えもよくてな。親父殿に、くれぐれもよろしく、と言われ、この道場も建ててもらったのだ。だが、あの通りでな。そこそこまでは上達したのだが、取り巻きどもにおだてられていい気になってしまい、もうひとつ上に行こうとしないのだ。そこで親父殿、殿様だな、に相談し、道場を閉じるという荒療治に出たのだが、上手く諭《さと》せず、どうしたものか、と頭を抱えていたところだったのだ……」

砂利を蹴散らすようにして玄関に戻る足音がした。

「先生」鷹取が玄関で叫んでいる。

「何だ？」安斎が叫び返した。

「稽古します。明日から、毎日通います。いえ、ここに寝泊まりしても構いません」

「分かった。好きなようにしろ」

「ありがとうございます」

「届いたようですね」小牧が言った。

「秘太刀に釣られただけであろうが、まあ、これで殿への言い訳は立つ。費《つい》えを出してもらえぬと、こちらの口が干上がるのでな。笑ろうてくだされ」

よい話をしてくだされた。安斎が居住まいを正して真夏に礼をした。

真夏は礼を返すと、秘太刀がおありになるのですか、と訊いた。

「あるようなことを言っておいて何だが、秘太刀などないのだ」

己が至らぬを知る。それが秘太刀の心なのだ。が、彼奴にはとんと伝わらなかった。それで、業を煮やしていたという訳だ。真夏殿が言うてくれたことで、少しは感ずるところがあったのではないか、と願《ねご》うておるのだが。

「申し訳ございませんが、まったく感じていないと存じますが」

「そうだの」安斎は道場の天井を仰いだ。「腕は至らなくとも、それが分かったところで後を継がせるつもりでおるのだが、分からぬかの」

今朝、儂は気付いたのだ、と安斎が言った。

「そなたらは嬉々《きき》として拭き掃除をしていた。この道場では見たことのなかった光景であった。心構えを疎《おろそ》かにして、技を教えていた己の未熟さを知った。鷹取のような弟子しか作れなかったのは、儂の器が小さかったからであろうの」

この年では遅いかもしれぬが、余命を懸けて鷹取に伝えるつもりだ。

「お手伝い出来たら、と思います」小牧が応えた。

「私も及ばずながら。毎日は無理ですが、また稽古に参ります」

「頼みます」

「先生、それでは弟子と師が逆になってしまいます」

真夏と小牧は、茶と味噌汁を呼ばれ、道場を辞した。

五

四日の後、途中寵河岸で求めた浅蜊の時雨煮を手に、真夏は小牧と安斎の道場に向かった。

道場から竹刀の音がしている。近隣の者たちなのだろう、武者窓から稽古を見ている。その者らの後ろから、道場を覗いた。

安斎と鷹取が稽古をしていた。

道場の隅に日が射している。拭いた跡が窺《うかが》えた。鷹取が掃除をしたのだ。

鷹取の竹刀が弾き飛ばされた。

「先生」と鷹取が言っている。「こっそり秘太刀を使っているのではありませんよね？」

「馬鹿なことを申せ」

「では、どうして勝てないのです」

「儂の方が、腕が上なのだ。当たり前であろうが」

よいか、と安斎が噛んで含めるように言っている。

「先程から何度も言っているように、秘太刀はないのだ」

「信じません。騙されません」

「秘太刀とはな、初心に返れ、ということなのだ。改めて己の至らなさを知り、励む。その心を願うて秘太刀と称したのだ」

「初心は分かりましたから、秘太刀をお教えくださぃ。それさえ伝授いただければ、私はもう一歩前に進めるのです」

「ええい、分からぬ奴めが。来い」

竹刀を打ち合わせる音が高く響いた。

「どうしましょう？」小牧が訊いた。

「今日は帰りましょうか」

「そうですね」

「では、これを台所に置いて来ます」

真夏は指から下げていた竹の皮を目の高さに持ち上げて言った。

門を通った真夏は、直ぐに戻って来ると、小牧の脇に立った。

「先生、秘太刀のことを話してしまわれたようですな」小牧が言った。

「そのようですね」

「鷹取さんに、分かるのでしょうか」

「多分、いつかは……。でも、相当掛かりそうですね」

「掛かるでしょうな」

注・本作品は、平成二十四年三月、学研パブリッシング（現・学研プラス）より刊行された、『戻り舟同心　更待月』を著者が大幅に加筆・修正し、「第六話　浅蜊の時雨煮」を新たに書下ろしたものです。

一〇〇字書評

切り取り線

購買動機（新聞、雑誌名を記入するか、あるいは○をつけてください）

□（　　　　　　　　　　　　　　）の広告を見て
□（　　　　　　　　　　　　　　）の書評を見て
□ 知人のすすめで　　　　　　　　□ タイトルに惹かれて
□ カバーが良かったから　　　　　□ 内容が面白そうだから
□ 好きな作家だから　　　　　　　□ 好きな分野の本だから

・最近、最も感銘を受けた作品名をお書き下さい

・あなたのお好きな作家名をお書き下さい

・その他、ご要望がありましたらお書き下さい

住所	〒				
氏名		職業		年齢	
Eメール	※携帯には配信できません		新刊情報等のメール配信を 希望する・しない		

この本の感想を、編集部までお寄せいただけたらありがたく存じます。今後の企画の参考にさせていただきます。Eメールでも結構です。

いただいた「一〇〇字書評」は、新聞・雑誌等に紹介させていただくことがあります。その場合はお礼として特製図書カードを差し上げます。

前ページの原稿用紙に書評をお書きの上、切り取り、左記までお送り下さい。宛先の住所は不要です。

なお、ご記入いただいたお名前、ご住所等は、書評紹介の事前了解、謝礼のお届けのためだけに利用し、そのほかの目的のために利用することはありません。

〒一〇一－八七〇一
祥伝社文庫編集長　坂口芳和
電話　〇三（三二六五）二〇八〇

祥伝社ホームページの「ブックレビュー」からも、書き込めます。
http://www.shodensha.co.jp/bookreview/

祥伝社文庫

戻《もど》り舟同心《ぶねどうしん》　更待月《ふけまちづき》

平成29年 1月20日　初版第1刷発行

著　者　長谷川《はせがわ》　卓《たく》

発行者　辻　浩明

発行所　祥伝社《しょうでんしゃ》
東京都千代田区神田神保町 3-3
〒101-8701
電話　03（3265）2081（販売部）
電話　03（3265）2080（編集部）
電話　03（3265）3622（業務部）
http://www.shodensha.co.jp/
印刷所　堀内印刷
製本所　関川製本
カバーフォーマットデザイン　中原達治

 ISBN978-4-396-34282-1 C0193

〈祥伝社文庫　今月の新刊〉

畑野智美
感情8号線
どうしていつも遠回りしてしまうんだろう。環状8号線沿いに住む、女性たちの物語。

西村京太郎
萩・津和野・山口殺人ライン
高杉晋作の幻想
出所した男のリストに記された6人の男女が次々と――。十津川警部VS.コロシの手帳!?

田口ランディ
坐禅《ざぜん》ガール
「恋愛」にざわつくあなた、坐ってみませんか？尽きせぬ煩悩に効く物語。

沢里裕二
淫爆《いんばく》　FIA諜報員　藤倉克己
爆弾テロから東京を守れ。江戸っ子諜報員は、お熱いのがお好き！　淫らな国際スパイ小説。

鳥羽　亮
血煙東海道　はみだし御庭番無頼旅
剛剣の初老、憂いを含んだ若き色男、そして紅一点の変装名人。忍び三人、仇討ち道中！

喜安幸夫
閻奉行　凶賊始末
予見しながら防げなかった惨劇。非道な一味に、「相州屋」が反撃の狼煙を上げる！

長谷川卓
戻り舟同心　更待月《ふけまちづき》
皆殺し事件を解決できぬまま引退した伝次郎が、十一年の時を経て再び押し込み犯を追う！

犬飼六岐
騙《だま》し絵
ペリー荻野氏、大絶賛！　わけあり父子がたくましく生きる、まごころの時代小説。

佐伯泰英
完本　**密命**　巻之十九　意地　具足武者の怪
上覧剣術大試合を開催せよ。佐渡に渡った清之助は、吉宗の下命を未だ知る由もなく……。